# 松江藩のお種人参から雲州人参へ

島根の歴史小説

板垣衛武

22世紀アート

# 目次

# 第一章　小山新蔵、玉造温泉御茶室から江戸藩邸へ

## 一

松江藩の僻地で陽当りの悪い田ばかりを持つ小山家の息子新蔵は十三歳で家を出た。

旅立つ日、母が稗《ひえ》や粟《あわ》を混ぜたご飯を炊き、祝ってくれた。いつも水っぽい雑炊ばかりだったからご馳走だった。毎年繰り返した凶作、長雨か旱魃で米の収穫は激減して、一家四人が糊口をしのぐのに四苦八苦していた。

宝暦の大飢饉が起きていた。

母方の叔父が新蔵を引き取りたいと申し込んできたのは小山家にとり渡りに舟だった。一人口が減ると大助かりだ。

熊山のおじじは、玉造温泉の中にある松江藩主の御茶屋の番人をしていた。連れあいの婆さんを亡くし、気弱になって勤めが辛くなった。だが辞めるのは惜しく、誰か無報酬で手伝ってくれないかと思案するうち、小山に手ごろな息子が居たのを思い出した。早速、玉湯川を逆登り、いくつも山を越え苦

労して小山新蔵をもらい受けに行った。願いはすんなりと通った。熊山のおじじは子供の頃の新蔵しか知らん。

「たしか女の子のような可愛い男の子だったがな」

御茶屋には松江藩主がお泊りになるから、例え小者でも、田舎者まるだしのむさくるしい感じでは困る。新蔵は十三歳になっていた。期待した以上の紅顔の美少年になっていたので、熊山のおじじは安心した。おじじは約束をとりつけると、急いで御茶屋に帰って行った。

新蔵は山奥の小さなせせらぎに沿った小道を歩き続けると、せせらぎは大きな渓流となり、やがて開けた田畑を縫ってゆったりと流れて玉造温泉の村落へ流れと共に辿り着いた。晩秋の陽は早くも西の山へ傾き、川面は湧き出る温泉の湯気が立ちこめていた。

御茶屋で訪いを入れようとした時、「どーん、どどどん、どーん」と腹の底まで届く強烈な太鼓の音に驚いた。後で判ったのだけど、玉作湯神社の神鼓の音だった。神社は御茶屋の南東にある小高い山麓にあった。太鼓の音に誘われておじじが顔を出した。

「新蔵か？　よう来たのう。さあ早いこと入るだわな」

「はい。儂《わし》は田舎者ですけん挨拶も……」

「そげな事はいいわね。これからは何の気兼ねもいらん間柄だけんな」

新蔵はほっとした。そして母が土産に用意してくれた干柿を手渡した。

おじじは新蔵の身なりを一瞥すると、「これに着替えるがいい」と、こざっぱりした作務衣《さむえ》と綿入りのちゃんちゃんこを持ってきた。新蔵はあらためて我身を見て顔を赤らめた。父の着物を何度も仕立て直した継ぎはぎだらけの品物だった。着替えると気分が明るくなった。夕餉も楽しかった。麦飯と一菜一汁の質素な食事でも新蔵にはご馳走だった。

食べっ振りを見て、おじじは目を細めて言った。

「どげかね、ここで儂を手伝う気になったかね、飯は腹いっぱい食べられーけんな」

「儂を居いてごしない。がんばりますけん」

「そげかや安心したがね。寒んなーと腰や膝がいたしになーだけん、何だいできんけんな。ばあさんが死んでどげしょもない」

新蔵はおじじがそんなにも困っちょうなーかと同情した。

「何でもやーますけん言うてごしない」

「だんだんだん（ありがとう）、お前は優しいのう」

御茶屋の仕事は、実家の辛い労働に較べれば拍子抜けするほど楽だった。ただ殿様がいつ利用されてもいいように、八畳間と湯殿は毎日丹念に掃除をして備えた。湯船は総檜作り、お湯はかけ流しだ。

豊富な湯は玉作湯神社の近くの湯元から、松の丸太をくり抜いた湯管を敷いて引き込んである。この湯元と湯管を見回るのが大事な仕事だった。湯管がはずれたり、物が詰まったりしては大変だ。

ひと通り仕事を覚えた頃お殿様を迎える日が来た。雲州松江藩の六代目藩主松平宗衍《むねのぶ》が約二百人のお供を従えて宿泊した。小さな御茶屋に泊れるのは殿様を含め四、五人だ。残りの大勢は旅籠《はたご》でも足りず、近くの民家に分宿することになった。その割り振りは、村の長と旅籠の代表で決められた。御茶屋と宿となった多数の民家との連絡とか案内の役が新蔵に回ってきたので、お殿様の滞在期間、新蔵は朝早くから夜遅くまで部落中を駆けずり回った。

「御茶屋の小僧はよう働くのう。未だ年端もいかぬようだが掘り出しもんだべな。爺さん何処から引っ張ってきたかや？」

御茶屋の警固役から訊ねられると、「あの子は儂の甥ですが、ゆくゆくは儂の代りを勤めさせたいと思っちょうますけん、どうぞ目をかけてやってごしない」

おじじは我が事のように喜んだ。

湯治のご一行が去ると、まるで嵐が通過した後のようだった。仕事は殆どなかった。今頃実家では冬に備えて薪や柴を運んだり雪囲いで忙しいはずだった。

年の瀬に初雪が降り温泉の町が白一色になった。静寂を破って玉作湯神社の神鼓の音が伝わってくると、「向こうは正月の支度で忙しくなーけん毎年ばあさんが手伝いに行ったもんだわね。そげだそげだ、新蔵お前がてごしてあげーだわ」と勧めた。新蔵は暇をもてあましていたから喜んだ。

玉作湯神社では、参道の長い石段の雪掻きや本殿の注連縄飾り、お札とお守作りなどいくらでも仕事があった。美しい巫女さんが二人作業をしていた。一緒に働くと、これまでに味わったこともないほど気持ちが弾み、時間の経つのを忘れて働いた。

「ほんに助かったけんな、だんだんだんだん、明日も来てごさんかや」と宮司が笑顔で言ってくれた。新蔵は飛びあがるほど嬉しかった。おじじにも訊かず、はいと安請合いしてしまった。戻る道すがら、おじじに駄目だと言われたらどうしょうと心配した。

「そげかや、宮司さんの眼鏡にかなったかや、宮司さんは学識があーけんお殿様ともお話しされー方だけんね。あのさんが認めてくれーとなりゃ新蔵もたいしたもんだな」

おじじが機嫌よく賛成してくれ、ほっとした。気を良くした新蔵は入浴する気になった。御茶屋には新鮮な湯がいつもあふれているけど、これはお殿様の浴槽であって、足を踏み入れるなんて滅相もないことだった。

新蔵は降りしきる雪の中、共同湯のひとつ上の湯へ向かった。遅い時刻なので、人影がない。新蔵はしめたと思った。入浴は好きでも他人といっしょに裸になるのが恥ずかしく、未だ慣れてないのだ。大きな浴槽に唯ひとり冷えきった躰を沈め、思い切り手足をのばした。宮司さんとおじじに褒められたし、美しい巫女さんを思い出して、うっとりとしていた。

「おッ寒ぶ寒ぶ、早や入らな凍えてしまうけんな」と、独り言をつぶやき、いきなり飛び込んできた男が、新蔵の夢心地を破った。

男はいったん頭まで沈み、浮かぶと湯を口から吐き、「ああいい湯かげんだのう」と、叫んだ。新蔵は急速に入浴を楽しむ気分を失ってしまった。

「おや？　誰ぞ入っちょうなったかね？　お前さんはたしか御茶屋の若さんだないかね」

「はい」

「お前さんの評判は聞いちょうで。皆が可愛げな女の子のようだと噂しちょうで」

男はにたっと笑うと近づいてきた。旅籠の男衆だろうか、新蔵には見覚えがない。男はいきなり新蔵のふぐりを鷲掴《わしづか》みして強くしごいた。

「何すーだかね！」

新蔵は男の胸を突き、あわてて浴槽をでた。

「あははァ、可愛げなもんだの、仲良しにならやね、はっはっは」

——お前なんかと仲良しになるかッ。

新蔵はすっかり気分をこわして、上の湯を出た。おじじに何と報告しようかと悩みながら戻ると、部屋から高鼾《いびき》が聞えてきた。

この夜以来、新蔵は上の湯を避けて、下の湯を利用した。

下の湯でも込み合う時をはずし、かと言って独り湯も怖かった。

梅雨時に御茶屋の泉源に泥水が流れ込んだ。泥水をかき出して囲いを作り直し、湯管を洗い流し浴槽を洗い磨くと夜も更けてしまった。

下の湯は老夫婦だけが入浴していた。

新蔵は「晩じまして」と挨拶をし浴槽に入った。

「お前さんはお茶屋の若衆だね、おじじは元気なかね。近頃あまり見かけんけん、どげしちょってかね？」

「はい、寒いけん内にこもっちょってですが」

「そげかね、もう年だけんね。お前さんが手ごしてあげなーけん喜んでおーなーだわ」

「おばばさんが亡くなっただけん淋しげなもんだ」

喋るだけ喋ると二人は上がって行った。下の湯はひとりになった。湯烟《ゆけむり》は天井までたち込めて、時々水滴が落ちるのが判るほど静かだ。

うとうとしたらしい。突然華やぐ笑声と共に、人がどやどやと入って来た。脱衣場から若い女三人が下りると手桶で湯を汲み、躰を洗いはじめた。湯気にかすんでいても豊満な肉体に新蔵は息をのむ。三人は湯女だった。卑猥な喋り方で今日の客の様子を話しては笑いころげた。

——寝たふりする訳にはいけんけん困ったな。出るに出られんけん、どげしょうか。

新蔵は湯の熱気にあてられ湯あたりになりそうだ。思わず溜め息をついた。

「あら、誰か入っちょうなはーかね？」

やっと気付いたらしい。

「晩じまして」

新蔵は立ちあがり挨拶をした。

「あだんやーだわ。御茶屋のにいちゃんだが」

「うちらの話を聞いちょうなはった？」

「いんや、うとうとしちょうましたが」

「そげな嘘はすぐばれーけんね。あんたも仲間だけんね。躰を洗ってあげーけん、こっちに来ーだわ」

「いんやもう洗いましたけん」

「遠慮せんでもいいがね。ほっほっほ」

新蔵は湯女三人にいいようにあしらわれた。

「ちょんぼし（少し）急いじょうますけん。だんだん、だんだん」と、脱衣場へ歩きはじめたら、ふらふらした。

「あらあぶないよ」

「ちょんぼし休むだわね」

「介抱してあげえよ」

「だんだん、だんだん、もう大丈夫ですけん」

ぼーとなって下の湯を出た。夜風が心地良い。急に大人の世界を垣間見てしまった。でも上の湯の変態男のこととは違っていた。何となく甘味な余韻が残り足取りが軽かった。

今年も天候不順で百姓の悩みは大きい。でもくよくよしても始まらない。玉作湯神社に久し振りのお神楽が呼ばれることになった。

宮司さんの声がかりだ。新蔵もその準備にかり出され、宮司さんと巫女さんと汗をかいた。幸運なことに、その日が近づくと雪は熄み、境内は隅っこの根雪を除くと、すっかり雪が消えた。舞台の周りには要所に篝火《かがりび》をたくため薪を沢山積み上げた。

当日、陽暮れ前から大勢の村人が石段を登り舞台をとりかこみ、開演を待った。男は酒を飲み、女子供は餅菓子を食べて大騒ぎ、日頃の憂さはどこかへ消え、祭りの様になった。新蔵は控え目に後方の石燈籠に寄りかかって静かに待った。大小の太鼓や横笛を携えて楽師が着席して演奏が始まった。空気は一変、騒々しかった連中が黙りこくって舞台に集中した。今夜の主役は、スサノオ神と八つの頭と尾を持つヤマタノオロチという大蛇だ。その登場を皆固唾をのんで待っている。

「新蔵さんよう見えーかね」と、ぽんと肩を叩かれた。憧れのはるのと云う巫女だった。

小柄な彼女は背のびしても見えにくいらしい。

「ここへ乗らっしゃい。よく見えますけん」と席をゆずるように石燈籠の土台を指差した。

「これはいい塩梅《あんばい》だわ。お前さんの肩もちょんぼし貸してごしない」と、はるのは新蔵にもたれた。はるのの重みが舞台より興奮させたが、彼女は舞台に夢中だった。

太鼓の響きが強く速くなり、きらびやかなスサノオ神と、赤い双眼をぎらぎらさせたヤマタノオロチが首を振りながら登場すると総立ちになった。舞台せましと暴れ回るヤマタノオロチが酒に酔いつぶれ、スサノオ神が太刀を振りおろす瞬間、境内の喊声と拍手は最高潮に達した。舞台の明かりが消えても、

蛇《じゃ》が出た蛇が出たおぜやなな

蛇が出た蛇が出たおぜやなな

この単調な文句を、手拍子や周りの物を叩いて神楽の楽しかった余韻にひたり続けた。子供だけでなく、いい大人までそうして楽しんだ。巫女のはるのは「だんだん」と新蔵へにっこりと笑い去って行った。

新蔵はしばらく肩にはるのの重さをなつかしみながら篝火の片付をした。

この御茶屋へ来ていろいろな体験をした。人里離れた実家ではとてもできなかったことばかりだ。村人の評判も良く、「新蔵は儂の甥子ですけん。儂もちょんぼし苦労したども皆さんの役に立つようになりました」とおじじは自慢した。ところが、おじじにとんでもない報せが来た。近く上府する松江藩士に小山新蔵を加えるから支度せよと言う。

「こげな話があーもんか。きっと何かの間違いだわね。新蔵なんぞに出来る仕事が江戸にあーもんかいね。えっ、九つの御茶屋の中から一人選ばれたげなかね。なしてその一人が新蔵かね。ほんにおかしげな話だの。余所の御茶屋にはもっと人が居ってだが、そこから行かしたら済む事だ。ああ年末に忙しくなーのにえらくらしいことだな（いらいらする）」

「おじじ困った事になーましたね」

おじじの気持ちを察すると、新蔵は嬉しい顔なんてできない。しかし、内心は江戸がどんな町なのか興味があった。

松江藩の御茶屋は松崎、浜佐陀、今市、安来、吉佐、出雲郷、津田、牛尾、玉造温泉の九ケ所もあった。その中にいくらでも人が居るだろうにと、おじじは腹立たしい。どんなに愚痴をこぼしても、お上が決めた以上、従わざるを得なかった。新蔵は松江へ出発した。宍道湖には渡り鳥の群れが点々と飛来して羽を休めていた。新蔵は松江城で一行に合流、すぐ出発した。

## 二

冬期の長旅は辛かった。江戸は正月を目前にしてたいそうな賑わいだった。町人の街を抜けて大名屋敷に入ると、邸内は別にして静かで二つの世界があった。

松江藩上屋敷は赤坂御門の脇に、一万数千坪の広大な敷地に大小幾つもの建屋が点在していた。大きな建物は、表の藩庁、御役所で裏は私邸、藩主の住居になっていた。

小山新蔵が江戸上屋敷で与えられた仕事は、身分の低い小者で給金も小遣い程度の御次御内用毛坊主という訳のわからない職名で、略して毛坊主の新蔵と呼ばれた。坊主の下役で玄関から部屋廊下の掃除、受付け、下足番、茶湯の給仕、衣装の整頓まで、表の雑用係だ。坊主が法体で頭をつるつるに剃っているのに対し、同じ仕事をしても新蔵には髷《まげ》があるから毛坊主と呼ばれた。

江戸城や大名屋敷で、裏の下働きは女中がする。表では同じ仕事を坊主が受け持っていた。江戸城では三百人の坊主が働いていたそうだ。

赤坂上屋敷では六人の坊主が居り、坊主の責任者は同朋と呼ばれた。同朋の善覚坊は、ちょっと見たところ怖そうだけど意外に気さくで優しい人だった。藩士の殆どは出雲の出身だけど、坊主を含めて小者や中間は江戸育ちで、新蔵の訛を嘲笑した。仕事自体は難しいものではないけれど、昔からの仕来りを持ち出しては難癖をつけた。新蔵はそのひとつひとつを悪びれることもなく笑顔でこなした、それを見て善覚が新蔵を評価してくれた。

「お前さんも遠国から毎日叱られに来たようなもんだな、ご苦労なことだ」

「なして儂のような田舎者が呼ばれたかは何ぼ考えても判ーませんけん、教えてごしない」

「おいおいに判るよ。向うでは給金なしで働いていたそうだね」

「はい。でも腹いっぱい飯をくわしてもろうちょりましたけん」

「それだよ。この江戸で只働きする殊勝な奴は見つからない。我々小者は皆渡り者だろ、給金が滞ればすぐ辞めてしまうから後釜が見つからない時もある。新蔵みたいな律儀な働き者はそう居ない。だから他人がからかっても気にすることはない。このお屋敷はずっと左前でその日暮らしよ」

――善覚さんはこげな立派なお屋敷が左前だなんて、いい人なんだけど口が悪い人だ。

江戸到着から四日目は大晦日だ。使い勝手がいいと思われたのか、新蔵は厨房にまでかり出され、手伝うことになった。料理の多彩で豊富なことに驚き、やはり善覚さんが冗談を言ったのだと思った。

宝暦十年（一七六〇）の元旦、夜明け前から邸内は騒然となった。江戸城への登場は明け六ツ半（七時）と定められていた。それまでに大手門に到着しなければならない。

行列は豪華で物々しく絵巻物の様だ。新蔵は興奮して見送った。藩主の乗った駕籠が動き出すまではキョロキョロする訳にもいかなかった。道案内役の先箱の掛け声で一斉に動き出すと、新蔵は行列の先頭から殿《しんがり》まで目を凝らして見た。駕籠を担ぐのは四人の六尺と交代要員の手替わり四人。警護の徒士は黒装束で脇を固める。槍持ち飾り弓の外に草履取り、長傘手傘、蓑箱、合羽籠や茶弁当など暮らし向きのお供までの長い列が続いた。

行列が大名屋敷から姿を消しても新蔵の興奮は収まらない。座敷に戻ると善覚に言った。

「なして善覚さんは見物はやめたなんて言わしゃったですかね。あげな立派な行列を見逃すなんてもったいない。衣装も見事でまるでお祭りですがね」

「儂は何度も見てるんだぞ。衣装もいたんできたし、合羽籠を担いでる連中は日雇い人夫だぜ。馬の姿もなかっただろ、飼馬は金がかかるから何年も前からこのお屋敷には馬がいない。だから馬小屋は空っぽさ」

「でも台所ではご馳走が沢山できちょうますがね。とても貧乏暮らしだなんて、かいしき判かーません」

「腐っても大名だぜ。体面と言うものがある。新蔵のような水飲み百姓……おっと失礼、較べるには無理があるけど、大きな声では言えぬけど、お屋敷の台所は火の車なんだ。判るかなこの意味は……」

新蔵は首をかしげて聞いた。

古狸の善覚をはじめお屋敷の住人は松江藩の窮状を肌で感じていた。毎年の資金不足の分を上方商人からの借入れで補ってきた。その借金が積もり、莫大な額となり新たな借金ができない。

「松江の殿様はやがて破産される」と街で噂が飛んだりする。

松江藩だけではない。もう米に頼る財政は限界だった。八代将軍吉宗は米作に力を入れ八木将軍と揶揄された。しかし豊作の年は米価が下がり、凶作になると米価は高騰して、幕府の財政は次第に悪化した。

松平宗衍は、父の急逝によりわずか三歳の時家督を継いだ。三十八歳で隠居する迄ずっと危機的な財政逼迫に悩まされた。

松江藩の三大凶作は、延宝二年（一六七四）、享保十七年（一七三二）、天明三年（一七八三）だ。宗衍が第六代藩主となったのが享保十六年、その翌年には飢饉が起きたことになる。この年の藩は旱魃《かんばつ》と蝗害《こうがい》で米作の被害は十七万石余に及び、収穫はわずか八万石しかなかった。出雲平野で起きた惣百姓一揆は燎原の火の如くひろがり、宍道湖畔の道を松江城目指して進み、玉作温泉の辺りまで達した時に、やっと阻止された。この後遺症はずっと尾を引いた。宗衍が十七歳になって。やっとお国入りできたのもお国入り費用不足が原因だった。松江藩は困窮し、藩主は未だ若年で前途多難だった。しかし手を拱《こまね》く訳にはいかない。

財政再建の手初めは人心の一新、家老の交替だった。朝日丹波郷保、三谷権太夫を罷免し、小田切尚足を選んで補佐役として親政を行った。この時の施政を「延享の改革」、別名「御趣向《ごしゆこう》の改革」と呼ばれた。厳しい倹約令が出て、藩の領民は皆木綿の着物を着るようになった。

泉府方、常平方、札座、義田方、木苗方など多くの役所を設け新しい事業を育成しようと試みた。結果としては借金が一段と増えて成果があがらず、更に宝暦五年（一七五五）の大型台風と宝暦九年（一七五九）の長雨洪水で被害を受けた。商人から借金して金融部門＝泉府方を動かしていたから、行きづまると信用を失墜してしまう。いつまで経っても改革が進まぬと疲労感がたまり飽き飽きしてくる。他藩でもそれぞれお勝手不如意になっていても潰れたという藩はない。だからあまり厳しくするとかえって活力を失ってしまうという声が大きくなって「延享の改革」は挫折する。

こんな状況にあった松江藩の江戸藩邸に、小山新蔵はひとり嬉々として働いていた。善覚から少しずつ事情を教えられても、生家で味わったひもじい日々に較べれば、お屋敷は天国だった。お座敷の勤めは最初こそ戸惑ったけど馴れると同じ事のくり返しで、坊主仲間と雑談して過ごす毎日だった。新蔵は郷里で自然と向きあって暮らした頃が懐しく、春になり、お屋敷の広い庭が一斉に芽生くと、それに触りたい、土を掘り起こして素足で踏んでみたい欲望に駆り立てられた。庭は久しく手入れがされてなかったらしく庭木は伸びるし下草は茂り放題だった。

「なしてこげな状態にしてあーますかね」と善覚に訊ねると、「言っただろう、万事お金が足りないからだよ。もう何年も庭師を見かけないからなァ、それがどうした？」

「儂がやってみてもいいですかね」

善覚はあきれたような表情で言った。

「頼まれもしないのに奇特なことだな。いつだったかな、草むしりを命ぜられたけど、すぐ音をあげてしまってそれっきりよ。庭が少しでもきれいになるなら誰も文句はつけないだろうよ」

新蔵は善覚から許しが出たと喜んだ。

手始めに奥庭の草に手を付けた。何年も放ったらかしの状態だった。優しい草花は強い萱《かや》に押され滅びる寸前だ。もう何年か経てばすべて荒地と変わってしまうだろう。

新蔵は、空家になっている馬小屋から古びた鍬や鎌を探し出し、よく研いで道具を用意した。下草を苅り、庭木の伸び放題になった枝を剪定すると庭は見違えるようになった。汗をかき心地良い疲れがあっても気分は爽快だった。坊主達が時折のぞいては「あんな力仕事が楽しいらしいぜ」、「新蔵はやはり百姓が性に合ってるよ」と酷評した。毛坊主の勤めの間をぬってやる庭仕事だけれど、日増しにかつての美しかった庭園が少しずつ現れると、藩士達の話題になった。

## 三

当時の将軍徳川吉宗は薬草好きで有名だった。中でも高価な朝鮮人参には特に興味を持った。それは対馬藩の朝鮮貿易で独占的に輸入され江戸の人参座で販売されていた。その代価として日本から大量の銀が流出していた。吉宗はこの人参を国で栽培に成功すれば、銀の流れを止めることができると考えた。この人参は「山参」と言って、自然の山野に自生するもので人の手によって育てるものではないと考えられていた時代だ。

吉宗の強い要望で対馬藩は、朝鮮人参の生根と種を入手した。ところがこの人参は、気候風土の好みが難しく、発芽は悪いし、連作を嫌うまことに厄介な植物だった。幕府直属の小石川薬園と日光で栽培に成功すると、吉宗は全国の大名に栽培を推奨し、生根と種子を分譲した。それで、「お種人参」と呼ばれた。北は松前藩から南は薩摩藩まで応募したと言われている。

宝暦十年（一七六〇）、松江藩主宗衍はお種人参の生根と種子を幕府から譲り受けた。宗衍にはこの高価な人参を育成して、厳しい財政事情に少しでも役立って欲しいという強い願望があった。この貴重なお種人参を何処で栽培すべきか議論を重ねた。そもそも朝鮮人参に関する知識がないから結局目の届く藩邸の中で試みることになった。その担当者については、御側用人藤江八兵衛に心当たりがあった。せっせと庭の手入れをしている毛坊主の姿が目に浮かび、調べると昨年玉造温泉御茶屋から来た小山新蔵と判明し、彼を推挙した。

「そう言えば湯治に逗留した時、雪の中を元気に駆けておった小者が居ったのう。江戸者には向かんかも知れぬ。そやつにやらせてみるがよい」と、宗衍が決めた。

「御側用人の藤江様がお呼びだぞ」と聞いて新蔵は震えあがった。

「その方か庭の手入れをしているのは」

「はい申し訳ございません」

新蔵は思わず詫びてしまった。

「謝ることはない。誰もやらなかった事を進んでやり庭をきれいにしたな、礼を言うぞ」

「はあ……」

新蔵はほっとした。

「実はなこの度将軍様からお種人参の生根と種子をご下賜いただき、当屋敷内で栽培することになった。そこでわが殿はお前にその世話役を務めるようご下命された。謹んで受け庭の手入れ同様丹精こめて勤めてくれ」

「はい」と答えたものの、内心えらいことになったと思った。

――お種人参など聞いたこともないけんな。人参とどげな違いがあーだらかのう。将軍様から藩主様への贈物で、藤江様が監視なさるなんて、そげな貴重品をどげしたらええだろうかな。もし枯らすやなことになったら……、ああ、おぞいことになーせんかや。

こんな新蔵の不安などおかまいなしで、藤江八兵衛はお種人参の生根と種子の入っている手桶を新蔵に押し付けた。

この日から新蔵は馬小屋横の長屋の一区画を与えられ、畑作りに専念することになった。お種人参なんていうからどんな美しい形をしてるかと思いきや、白っぽく皺だらけで髭根がいっぱいでとても食欲がわく品物じゃなかった。高価な薬になるらしいけど。急いで耕した畑に苗床を作り種子を蒔いた。その横に大事な生根をていねいに植えた。そして手を合わせて祈った。

「玉作湯神社の神様、儂はどげな苦労も厭いませんけん、どうぞこの人参が芽生えて大きくなりますよう願いを聞いてごさっしゃいますように」

肥料作りにも精を出した。肥溜めの穴を掘り、厠から屎尿を肥たごで運び、寝かせて熟成した肥料を作りはじめた。肥たごを担いでると、坊主達が声をかけた。

「新蔵がんばってるな。お側用人様直じきの声掛かりだそうだな。たいしたご出世かと思いきや百姓仕事じゃないか」

「それにしても少々臭い仕事じゃのう」

「はっはっは」

坊主達は顔を見合わせて大笑いした。

「もとは百姓ですけんね、どげしょうもないですが」と新蔵はさらりと受け流した。

「新蔵には皮肉も通じんわ」

坊主達は気勢をそがれて、からかう興味を失い去って行った。誰が笑おうとこの仕事はお殿様の大切なお種人参を育てる命懸けのものと新蔵は考えた。だから雨が降れば水捌け、日照りが続けば水やり、風が吹けば生根に支え、寒くなると藁囲いをと気の休まる時がなかった。こんな努力に結果がともわないのが辛かった。しかし、決して諦めない根気が新蔵にはあった。田舎者の強さだった。

時折見回る藤江八兵衛も舌をまいた。

――拙者が見込んだだけはあって、よくやるな。何とか力になってやりたいけど、どう手をつくしても幕府から栽培方法を聞き出すことができないのだ。新蔵よ我慢強く見付けてくれ。

幕府は諸大名に推奨しておきながら、日光で成功したノウハウを秘密にした。

新蔵がお種人参に着手した宝暦十年、松江藩の存亡に関わる大事件が起きた。

近江の比叡山延暦寺の諸堂の立替工事を幕府は松江藩に命令した。

積年のお勝手不如意で試みた改革も明かりが見えず、当座の資金すら都合がつかない。そんなところへこの命令は災難でしかない。御公役を断わればどうなるのだろう。領地半減の国替えか、最悪ならお家断絶も予想され、江戸屋敷と松江城内で首脳陣をはじめ皆生きた心地もしない有様になった。公役の費用は七万両の巨費と見積りが出た。毎年の年貢を金に換算すると多くて十五万両、とても年貢でまかないきれない。財政の抜本的な改革を怠ってきた付けがきたのだ。どんなに苦しくとも御公役を受けるしか道はなく、藩士の俸給五年間半分借り上げ、在郷から十万俵供出、町方から銀三百貫献上など藩士と領民の犠牲でやっと資金調達ができた。

工事は翌年の宝暦十一年（一七六一）三月から宝暦十二年の九月まで、十九ヵ月かけて行われ無事完成した。しかし、松江藩の財政はこの件で決定的な打撃を受けた。

お屋敷の空気は、延暦寺普請の公役が果せたので明るさを少しばかり取り戻せた。とは言うものの、財政窮乏が解決した訳ではない。藩の信用は落ち、外部からの借入は一段と難しくなった。邸内の諸費用、幕府と諸大名との交際費、藩士の諸手当から藩主の生活費まで削るしか方法がなく、陰鬱な空気が立ち込めた。

新蔵の畑は例外だった。

お種人参畑の横に季節毎に違う野菜が作られ、葱、青菜、瓜、芋、大根などが豊かに稔り、収穫されると台所を賑わした。厨房の料理番からお礼を言われると、作り甲斐があったなと、とても嬉しい。新蔵が悲しい表情になるのは、人の居ないお種人参畑だった。

「お前さんはお殿様からの大事な預かりもんだけん、こげして毎日見回りしちょうけど、なして大人《おせ》になってごさんかね。なんぞ気にくわんことがありゃ、こげしてくれ、そげなやり方はいけんと教えてごすとたすかるけんな。このままではお殿様に申し訳のうて儂もえたし（病気）なーわね」

新蔵は畑にしゃがむとお種人参に語りかけた。悩んでいたのは新蔵だけじゃない。藩主宗衍や藤江八兵衛もそうだった。幕府から分譲してもらった時にはうまく育てたら財政再建の一翼を担ってくれそうに思った。期待が大きかっただけに落胆も大きい。今諸藩が皆つまづき撤退している。そんな状況なのに松江藩は細々と続けてきた。江戸の人参座ではいつも品不足で高価で取り引きされているのを耳にすると、いつか役立ってくれる時が来るかもしれないと淡い期待をすてきれなかった。また、新蔵が実に熱心に育てようとしている姿を見るにつけ、もうやめろとは言えなかった。ろくに給金も与えない新蔵が根気よく世話していることは屋敷の皆が知っていた。

空が澄み、秋風がさわやかに頬を撫でると祭りを思い出し、玉作湯神社の神鼓の音がひびいてきた様な気がした。この頃から新蔵は畑に座って放心したように考え込むようになった。頭の中はいつも同じ考えが堂々巡りをする。玉造温泉御茶屋の周辺にある広い畑にお種人参が青く丈夫な葉を一面に茂らせた光景が浮かぶのだ。そんなはずがない。一介の毛坊主が郷里に移植しましょうなんて言える訳がないと打ち消してもまた浮かんでくる。

新蔵がとり憑かれた夢で悩んでる頃、藩主宗衍は大きな決断を迫られていた。そして結果的に新蔵の夢が実現することになる。

延享四年から始まった御趣向方の改革を推進してきた小田切尚足が呼び出され、松江から上府した。宗衍から藩の窮地はいつになったら解消できるのか、今後の打解策はあるのか詰問されると、百計悉《ことごと》く尽きたと号泣した。頼りに思う老臣が投げ出してしまったのだ。とうとう長年続けた延享の改革は破綻してしまった。

かつて改革を始める時、家老朝日丹波郷保を罷免して、起用した小田切尚足だったのに。宗衍は恥を忍んで、朝日丹波郷保に再登場を要請し、世子治郷に譲位して引退した。

ここに朝日丹波郷保と七代目藩主治郷《はるさと》とのドラスティックな明和の改革＝御立派《おたては》の政治が始まった。明和四年（一七六七）の年の暮れだった。

上屋敷の空気は一変した。旧弊にとらわれることなく、全てを抜本的に見直すことになり、お種人参は国元で栽培すると決定、新蔵は懐かしい松江へ帰郷することになった。

――わからんもんだのぅ。こげに早よう戻れーやになるとは。どげな理由でこげなことになったやら儂には判らんけど、神鼓の音が聞こえちよったけん、神様が儂の願いを聞きとどけてごしなさっただわ、きっと。新蔵はお種人参畑で遠くの玉作湯神社の方角へ手を合わせた。

## 四

松江藩江戸上屋敷の台所へ、出入りを許された百姓が居た。屋敷の厠から糞尿を汲み取るのが仕事だ。人糞は良い肥料になるので代金を支払っても欲しい。代金は人数割りの計算で、一人分二分か三分が相場、支払いは年の暮れだ。二、三百人なら約二十両、百姓にとっては大金だから毎回汲み取る量に注意する。

ある時、汲み取りを終えて、百姓が不審に思い、料理長の常吉に訊ねた。

「近頃お屋敷の人数は減ったのでございますかね？」

「そんなことはないな、どうしてそう思うのかね？」

「へえ、下肥の量が減りましたので……」

「あッ、なるほどなァ。俺について来な、その疑いはすぐにとけるぞ」

常吉はくすくす笑いながら、百姓を裏庭へ案内し、奥庭の新蔵が作る畑を指差した。

「これはこれは見事な野菜畑、いつから百姓を雇われたんですか？　なるほど下肥が減った訳が判りましたが少々困りますな」

「俺に苦情を言われてもな……あの男は百姓じゃない、毛坊主なんだ。ところがあの通りお種人参係りがいつの間にか野菜作りが本業になってしまったのさ」

百姓は苦笑いをして、「お屋敷に商売仇きが現れてしまったな」と頭を掻いた。

「見ての通り熱心なんだけど、肝心のお種人参の方は芳しくないので苦労してる」

「そうですかい。お種人参と言えば、権現さまの日光、その他で成功した試しは聞きませんからね。それより下肥代をお負けしてもらわんと困ります」

「俺に言ってもどうにもならんぞ」

「でも常吉さんから良しなに取り計らってくださいよ」

「うん。お前もなかなか商売人だな。野菜畑ができたからって、土産物の青物を減らすなよ。お前は油断も隙もない男だからな」

「常吉さんにはかないませんや」

二人は顔を見合わせて笑った。

お種人参の栽培を松江へ移す話は、決まったものの、時期は未定だ。と言うのは、藩のお勝手向きは相変らず不如意で、年の瀬を迎え、支払いに苦労する毎日で手が回らない。

江戸の巷では「松江のお殿さまは破産されるそうだぞ」、「そりゃ大変だ。一両と言えども松江藩に貸しはできない」なんて無責任な噂話が流れた。

二十年続いた延享の改革＝ご趣向方の政治を推進してきた小田切尚足が、万策尽きたと投げ出し、その後任を一旦引き受けた朝日丹波郷保も、これまでの経過を熟考すると、引き受けるべきではなかったと後悔した。小田切尚足の執政が自分と相いれないものだった。それが二十年続いてきて、再び自分に役割が回ってきた。この二十年の空白を取り戻すのは容易なことではない。しかも自分は老境に入った。今なら辞退しても殿にお許しをいただけると思う。

「ありがたき仰せなれど、一晩熟考した末辞退いたしたく存じます。以前ならともかく今は馬齢を重ね、大役を果す力はございませぬ」

朝日丹波はどのような叱責があってもと覚悟していた。

すると宗衍は、優しい言葉で朝日丹波に翻意を求めた。

「郷保よ、二十年前予は誠に未熟者だったと反省しておる。そちを罷免したことを後悔しておる。勝手なことと思うやも知れんが、是非力を貸してくれんか」

「これは恐れ多いお言葉、殿には感謝こそすれ何の含むところもございませぬ。ただ老いました故、ご期待に添えぬのが残念でござります」

朝日丹波がいくら辞退しても宗衍は諦めず説得を続けた。

「郷保よ、思い出してくれ。延享の改革が始まった時予は十七歳だったが、今我が子治郷が同じ十七歳で新しい改革に取り組まねばならぬ。今度こそ、そなたが後見人となって助けてやってくれんか。こんなに困っても見捨てる積りか」

「拙者が見捨てるなど滅相もございませぬ。かくなる上は、郷保全身全霊、お勝手向き仕置人の勤めを果す覚悟、何卒お力添えをお願い申し上げます」

「そうかよくぞ引き受けてくれた。今後執政には一切口出しせぬ。そなたの思い通り事を進めてくれ。

頼んだぞ」

「はッ、ありがたきお言葉に恐れ入ります」

宗衍は藩主の矜持を捨ててまで支持してくれた。朝日丹波はその期待に答えるためには、他人からどんなに憎まれる政策も断行する決意だ。

朝日丹波には苦い記憶がある。それは若き宗衍のお国入りに際し、めでたい新藩主の門出だと考え、財政の破綻的状況を説明しなかった。他の者は恐悦至極の一点張り、その後は罷免され申し上げる機会は去ってしまった。この反省に立って、新藩主治郷には、深刻な現状をありのまま報告しようと考えた。

翌日から奥の書院で新藩主治郷も出席し、協議が始まった。朝日丹波郷保の主導で、治郷の傳役を勤めてきた脇坂十郎兵衛、赤木数馬など極限られた者で進められた。そして決まった事は必ず前藩主宗衍に報告した。

宗衍は約束通り口出しはしなかった。長年続けてきた政策を否定されるのは辛いと思われたが嫌な顔をすることもなかった。そしていつも決まった様に、「問題は実行力だな。これが難しい」と、呟いた。

議論は次第に煮詰まってきたが、最後に最大の難問が残っていた。それは外部、主として上方の豪商で金融両替を専門とする「銀掛屋」から借用した五十万両の処置をどうするかという問題だった。

これまでこの件に関して本腰を入れて議論されたことは無かった。繰り返し襲ってくる天災と不意打ちの幕府からの普請命令を乗り切るために次々と借金が重なってきた。利子の返済ができないと元金に上乗せされ、借金の額が大きくなる。勢い主導権は相手に移り、不利な条件も飲まざるを得ない。一方で身を削る倹約をしても、巨額な借金を考えると空しくなりどんな改革も頓挫してしまう。これまで歴代の為政者の誰ひとりこの問題に手をつけてこなかった。

――この問題を先ず解決しなければ、ちまちました弥縫策《びほうさく》ではやがて行き詰ってしまう。五十万両は降り積もった根雪だ。上辺を削っても消えることはなく、改革の熱意を冷やしてしまう。これを溶かす方法はあるのだろうか？　相手は金銭の貸し借りの巧者だ。並の交渉で勝てる相手じゃない。相手が武士なら、いっそ相討ちで果すこともできる。己の命と引き替えてできるならこんな嬉しいことはないが……待てよ、相手が命の次に大事な物は金銭、元金じゃ。

朝日丹波は解決の糸口が見えてきたと思った。腹案を文書に認め宗衍へ提出した。

宗衍の表情は見る見る険しくなった。

「これは劇薬だの。そこまで踏み込まねばならぬか？」

「はッ、仰せの通り劇薬でござります。藩の命運はこの一点が左右すると言っても過言ではござりませぬ。効を奏すれば宿痾《しゅくあ》のお勝手不如意も徐々に解消いたしましょう。万一躓けば恐れながらやがては封土返上する事態も予想されます。その責任はすべて朝日丹波郷保にござります」

宗衍からは怒りの言葉は無く、黙想が続き文面を握りしめる手は小刻みに震えていた。朝日丹波はそれを見るのが忍びがたく目を閉じた。やがて宗衍は重い口を開いた。

「そちの思う通り交渉するがよい。いずれ避けては通れぬ道かも知れぬ。うまく行かずとも己を責めるなよ」

「誠にありがたきお言葉をちょうだい致しました。必ず殿のご期待に添えますよう励んで参ります」

「相手は老獪な上方商人だ。苦労するであろうが何があっても早まるでないぞ」

「相判りましてござります」

藩の命運をかけた交渉になると朝日丹波は身顫《みぶる》いした。

奥の書院での審議が終り、台所へ祝膳の支度をするよう指示があった。久し振りの事である。常吉の注文で新蔵は大根、里芋、人参などいつもより沢山届けた。作業を終え池で鍬を洗っていると、飯炊きの婆さんが迎えに来た。台所に近づくと煮魚の甘い匂いが流れて食欲をそそった。

――こげな美味しい匂いを嗅ぐのはいつからだろう。正月にはちいとばかり早いし、何事だらか？

「新蔵ッ、こっちだ」

常吉が台所の隅から手招きをしている。衝立の裏へ回ると、善覚も居た。

「あれッ、善覚さんもござっしゃったかね」

「そうびっくりするなよ。儂は鼻が利くのでな。煮魚の味なんてすっかり忘れてしまったころにこの匂いだろ、引き寄せられてさァ」

善覚は喋りながら箸を使うのに忙しい。

「しッ！　善覚さん静かに食べてくれよ」

常吉が口唇に指を当て小声で言った。

「すまん。新蔵ッ、ぼうと突っ立っとらんと早くいただきな、常吉さんのご厚意の料理だぞ」

「そげでしたか、だんだんだんだんだん」

「いいかいご両人、これはご馳走なんかじゃない、魚のアラなんだよ」と、常吉が言いくるめた。

「常吉さん判ったよ。儂は口が軽いからね。アラをいただいた訳だな」

新蔵は善覚と常吉のやりとりを面白いと思った。それにしても久し振りのご馳走はどうしてだろう。

「新蔵、浮かぬ顔してるな。これはな、奥の書院での長いご相談が終り朝日丹波のお殿さまが江戸をお立ちになる祝いよ。ここだけの話だけど、茶道具だか花器が処分されたそうだ」と善覚が囁いた。

「暗い話ばかりじゃ気が滅入っちまうな。そうだ新蔵ッ、お前は確か玉造温泉の出だったよな」

「そげです」

「そうだ、江戸の土産話になるから湯屋へ連れて行ってやろう。なあ善覚さんも一緒にどうかね？」

「そうだな、同じ事なら俺は女風呂の方がいい」善覚はにやりと笑って言った。

「一足飛びに女風呂かね。新蔵を連れて行くんだぜ」常吉が困った顔になった。

「そうだな、じゃあ今回は遠慮するよ。新蔵ッ、常吉さんに連れて行ってもらいな」

新蔵は頷いたが、善覚さんは身勝手な人だなと思った。

新蔵は江戸に来てからお屋敷の終い風呂ばかりで、入る気もしなかった。残り湯は僅かで濁っている。夏から秋にかけては、もっぱら行水で済ましてきた。師走に入ると行水ができなくなり玉造温泉の上の湯や下の湯が懐しい。常吉さんの誘いはとても嬉しかった。

翌日、畑仕事がないので、馬の居ない空っぽの厩舎で藁を木槌で叩いた。柔らかくして、お種人参の荷造りに使う。お国入りの準備だ。

七ッ刻（午後四時）を回ると急に暗くなった。いまにも雪が降りそうで、新蔵は空を仰いで大きなくしゃみをした。

「新蔵ッ、風邪を引いたのか？　湯屋へ行くぞ」と外から常吉が怒鳴った。

二人は手拭いを下げて、上屋敷を出た。

薄暗い大名屋敷を歩いていると、寒気が二人を包んだ。

「こんな日は湯屋が何よりのご馳走よ」と、すっぽりと頬かむりした常吉が言った。

町屋に入ると急に人通りがふえた。町全体が明るくざわめいていた。上屋敷しか知らない新蔵には違った江戸だった。

大きな湯屋にやっと辿り着いた。入口に男湯と女湯ののれんが掛けられ、次々人が入って行く。新蔵は常吉に続いて入った。下駄を脱ぐと爺さんが預かってくれた。一段と高い番台で湯屋の番頭が銭湯代を受け取っている。常吉が二人分で二十文を支払った。

「おや常吉さん、今夜は新入りを連れて来なさったのかね？」

「そんなとこだ。お江戸の名物湯屋を案内しようと思ってね」

「そうですかい。まあごゆっくり」

常吉は常連さんらしい。

脱衣場には着物を脱ぐ人や長湯で赤くなった躰を拭いている人達で混み合っている。それにしても湯船がどこにも見当たらない。新蔵は裸になって戸惑ってしまった。常吉は他の客と話込んだりしている。やっと脱ぎ終った常吉が板壁に向って歩き始めた。

「新蔵ッ、従いて来いよ。ほら背中をかがめてこんな具合に入るんだ」と、板壁の下にある狭い隙間へ姿を消した。ここは柘榴口《ざくろぐち》と呼ばれている。新蔵は見様見真似で潜り抜けると、三助と呼ばれる男衆が手桶で湯をかけてくれ、それで股間を洗った。

湯船にはたっぷりと湯があった。湯船の真中あたりに板壁があって、向う半分は女湯になっていた。子供は行ったり来たりして、はしゃいでいる。新蔵は首まで浸かり凍りそうだった躰をほぐした。薄暗い湯船に次々と入ってきて、見知らぬ人と肌が触れあう混み様で、常吉とははぐれてしまった。洗い場もごった返すようになり、こぜりあいが始まった。新蔵は十分温まったから洗いは省略して柘榴口へ向かった。三助が「水船」（清水をためた水槽）を指差して、「どうぞふんだんに使って下せい」と言う。どうやら入る途端に汲んでくれた「陸湯」は自由に使わせないらしい。柘榴口から出て、着物を着て常吉が出て来るのを待った。手持ち無沙汰になって、玉造温泉とこの湯屋と比較したりしていると、常吉が現れた。

「ずい分早湯だったな。次は二階を案内するから待ってろ」

「二階は何があーますかね」

「休憩所だよ」

常吉の後から階段をのぼった。広い畳敷の間に風呂上りの客が将棋、囲碁や雑談に興じている。常吉はお茶子と呼ばれる若い娘と軽口を交わし、彼女の肩を叩いて笑った。彼女が何やら頷いて去ったので、「常吉さんの恋人ですかね、あの女は？」と、訊ねると、常吉は一瞬あっけにとられた顔になりやがて爆笑した。まわりの人が振り向く程だった。お盆を運んで来た娘も何があったのか驚いた様子だ。常吉は笑いをこらえながら言った。

「おこんさんよ、お前さんと俺は恋人同志だとよ」

「あら嬉しいじゃないの、そんな事を言ったこのお兄さんは……」

おこんさんと言う娘も大笑いした。

新蔵は何だかとんでもない事を喋ったのかと羞恥で顔が赤くなった。

「お前って奴は良い意味の田舎者だな。うっかり嘘なんかつけやしない」

「ほんとだね。でも常吉さんの恋人も悪くないわよ。またこのお兄さんを連れて来てね」

「そうだな。新蔵ッ、おこんさんのご指名だよ」

二人は顔を見合わせて、また笑った。

## 五

朝日丹波郷保が、脇坂十郎兵衛と赤木数馬を従えて大坂の松江藩蔵屋敷に辿り着いたのは、年の瀬で、街は人も物資も忙しく動き回っていた。

白壁蔵造りの蔵屋敷は白子裏町の約五千坪の広い敷地を占めていた。蔵屋敷の前に土佐堀川が流れ、上荷舟、茶舟、剣先舟、屋形舟などが少しの切れ目もなく往来している。重厚な造りの門をくぐると大きな藩邸と幾つもの蔵が並んでいる。藩士の長屋の他に出雲大社と鷺浦神社の分社まで建っていた。

出迎えてくれた大坂留守居役高橋紋右衛門が挨拶を終え、蔵屋敷の主要な家臣の紹介が始まった。朝日丹波郷保は違和感を覚え、紹介が終った時には少々不愉快になった。留守居役を筆頭に木綿の着物は見当たらず、物腰から言葉遣いまで武士らしくない。

――どうやら大坂商人の影響が強いようだ。

藩の大倹約令は何処かへ行ってしまったらしい。前任の小田切尚足殿は、商都の勤めには例外を黙認されたらしい。これからはそうはいかぬぞ。豪商との交渉を控えて、身内がこの有様ではと暗澹たる思いになった。

用意された部屋で旅装をといていると、留守居役の側用人山田文三衛門が入ってきた。

「この度は長道中お疲れでしたやろ」

文三衛門の柔らかな喋り方も気障りだったので、朝日丹波は単刀直入に用件を言った。

「今回の用件は先に知らせておいたが、必ず銀掛屋の主人に集まってもらいたい」

「はい承知してますけど、何しろ師走ですよって忙しくしてはります。番頭では……」

「駄目だ。必ず主人を出席させてくれ。くれぐれも頼んだぞ」

「では接待の手配もそれなりに……」

「いつも接待をしてるのか？」

「はい。交渉がうまく行くのも日頃の付き合いが肝心ですさかい苦労いたします」

朝日丹波は呆気にとられた。松江の下級藩士はその日暮らし、それも出来ず逃散して空家が出ているのに、ここは別世界らしい。富裕な商人を相手に取引するのが蔵屋敷の仕事だとは言え彼らと同じ振舞いは許されない。今藩は非常時なのだ。朝日丹波は憮然として言い放った。

「銀掛屋の主人への接待は無用に願いたい」

「それはいくら何でも……お留守居役と相談しませんと、しばしご猶予を……」

山田文三衛門は頭を振りながら去った。

脇坂十郎兵衛と赤木数馬は顔を見合わせて苦笑した。

やがて高橋紋右衛門と山田文三衛門が飛び込んできた。

「ご家老、只今文三衛門から異な事を聞きました。接待無用の由、まことにござりますか？」

「左様申し伝えたが何か都合が悪いか？」

「ご家老ッ、ここは上方でござる。慣例を無視なされては禍根を残しますぞ」

紋右衛門は、いまいましそうに言った。

「よいかな、これまで藩は慣例を変えずして破綻に直面しておる。先般宗衍公と治郷公とのご協議の結果、万事を見直して、ご勝手向きを改善するようお墨付を頂いた。禍根うんぬんは明後日の結果次第、その責任は全て拙者にあるからご心配なく。銀掛屋の主人の出席を頼みましたぞ」と、朝日丹波は揺ぎない態度で言った。

紋右衛門はなおも言いたそうにしていたが、「後始末は請負いかねますぞ」と言い残して去った。


銀掛屋との会談を明日に控え、朝日丹波は脇坂十郎衛と赤木数馬の二人を大坂の街へ連れ出した。英気を養うのと同時に二人に大坂を見物させてやろうと思った。

松江藩蔵屋敷の界隈は、諸藩の蔵屋敷が軒を連ねている。その主たる目的は、堂島で開かれる米市場で国元からの回米を売ることだった。ここでは正米取引と帳合米取引の二つの米相場が毎日開かれている。帳合米取引（現物無しの信用取引）で世界的にも先駆けとなり堂島米市場に繁栄をもたらした。

大坂の沖合いには北前船など大船が米俵を積んで停泊して、揚荷船を待つ。揚荷船は米俵を積み替えて各藩蔵屋敷の船着場と北前船を往復する。揚荷船が戻ってくると船着場は戦場のようになった。

船から浜へ長い板が渡され、仲衆と呼ばれる人夫が十数人米俵をかついで運び始めた。浜では細い竹筒を米俵にさして検査が行われた。それが終ると、米俵は蔵へ収められて行く。浜に箒とちり取りや袋を手にした女や子供が集まり、こぼれた米粒をかき集めている。

十郎兵衛と数馬は興味深く米俵の流れを見つめた。

「諸国から回送されてくる米で、どれだけの人が暮しの糧になることか……あの人夫、女や子供の他に大勢の米市場の仲買人や小売商、それから我が藩の米を売り捌く蔵元など皆豊かに暮らしているようだ。不思議だのう、それに引き替え国元の百姓や我々藩士はいつまで経ってもその日暮らしから抜け出せないのになァ」

朝日丹波は大きな溜息をついた。

「ご家老、如何にすれば藩の勝手向きが改善されましょうや。これまで倹約に勤めてきたのに成果が上がりません」と数馬が訊ねた。

「上方へ来ると見えてくる物があるぞ。上方の商人は、『細かく稼いで大きく遣う』と言う。この意味は、金銭が溜まるまでは倹約を心掛け、身代を大きくする。そうなると、多少の贅沢はしても、もっと大きな利を求めて金銭を遣うことにある。顧みて我が藩は代々ずっと借り入れは当然のように考え、足りなければすぐ借り入れて凌いできた。そんなやり方がいつまでも続くはずがない。その先は破綻しかない。大きな借金がある限り、何をやってもうまく行かぬ」

朝日丹波は苦渋に満ちた表情で話した。

「そうだ、もう一つ面白い市場を見物しよう。雑喉場《ざこば》市場と言ってな、活気がすごいぞ」

大坂の三大市場は、堂島の米市場、天満の青物市場に京町堀の雑喉場魚市場だ。

三人は土佐堀川の浜を西へと歩き出した。

浜は蔵屋敷の通りと言っても過言ではない。幾つもの蔵屋敷を通り過ぎ、石見浜田藩蔵屋敷の角を左に折れて進むと京町堀川に突き当った。川沿いの市場は鮮魚商が占めている。買出し客が両側の店に首を突っ込むから通るのも難儀する。残らず売りたい商人と少しでも値切りたい客とが声をからしてやりあっている。

「連中は我々侍の姿なんか眼中にない。正直あれだけ必死で駆け引きしているのを見ると、うらやましくなる」と朝日丹波が言った。

「すごい熱気でございますなあ」と十郎兵衛があいづちを打った。

数馬は、ご家老は明日の会談に思いを馳せておられるのだろうと思った。

翌朝、土佐堀川の川面は白い霧で覆われた。夜間かなり冷え込んだらしい。厚い雲間から陽射しがのぞいたのは昼ごろだった。

朝日丹波は火鉢に両手をかざし暖をとった。熾火《おきび》は少なく、火箸で灰をかき回しても灰の下にはない。冷え込みが厳しいから辛い。

——この屋敷では普段からこうなのか。それとも倹約倹約とうるさく注意したから腹いせの様な気がするけど、まあいい。それよりも今回の交渉の相手、銀掛屋の主人がどんな人物なのか、その経歴、性格などの予備知識が一向に伝わってこない。この蔵屋敷の役人はどちらに向いて仕事をやっているのだろう。

玄関先が騒がしくなった。

「天王寺屋と吉文字屋の旦那のご到着ッ」

客人とそれを迎える役人の挨拶する様子が伝わってきた。

「意外と早く着いた様ですな」と脇坂十郎兵衛が呟き、赤木数馬が居住まいを正した。

朝日丹波は頷いたが、火鉢にかざした両手の指を一本一本柔らかくもみ続けた。

「客人が来てかなりなるが一向に連絡がないの」と十郎兵衛が不満をもらした。

「まさか事前の談合でもありますまい」と数馬が言った。

「接待ができぬ言い訳をしているのだろう。留守居役の高橋殿も辛かろうが、もう見栄を張る時ではない」と朝日丹波がきっぱりと言った。

しばらく経って、やっと連絡が入った。

客人が待つ部屋には大きな机が置かれ、朝日丹波の席の向いに銀掛屋の主人二人が坐っていた。留守居役高橋紋右衛門が苦り切った顔でその横に坐っていた。紋右衛門が二人を紹介し、それぞれが挨拶した。

天王寺屋利兵衛は中背で恰幅がよく、白髪頭だ。吉文字屋庄助は小太りで禿頭だ。両人とも笑顔は見せず鋭い目付だ。いろいろ不満を抱えているようだ。日頃贅沢な食事をしてるのだろう躰全体に脂肪が張りついてる。

朝日丹波は師走の忙しい時に呼び立てした非礼を詫びて深々と頭を下げ、すぐ本題に入った。

「拙者は八年振りにお勝手方の仕置人に引っ張り出されて正直驚きました。今日は長く我が藩とお付き合い下さったご両人に、嘘偽りなく勝手向きの実情を打ち明けて、今後の相談に乗っていただき度、お呼び出し致しました。今江戸で我が藩の評判はすこぶる悪く、松江の殿さまは破産されるらしいぞ、例え一両でも貸したら戻らんぞと下町の輩が噂する仕末です。そこまで落魄してはいないけど、このまま手を拱いていれば早晩そのような憂き目に遭うやも知れぬ。拙者は仕置人を委された以上何としても流れを変える所存です。ちなみに拙者の身なりをご覧下され。江戸や上方へ参るにも木綿の着物、これなど序の口、もっと倹約を進めます。しかし領内では暮し向きの悪化で怨嗟の声が聞かれる昨今です。この事態を招いたのは為政者の責任で、拙者は重く受けとめています。そこでご両人に是非ともご同意いただきたいのは利息の免除、その代り元金は必ず保証を約束しますから年賦返済を認めていただきたい。この二点です」

「それはずいぶん虫のいい話でんな」

「利息は儂らの飯の種や、ほんまに殺生ですな」

天王寺屋利兵衛と吉文字屋庄助が金切り声で言った。

——予想通りの反応だ。だが卑屈にはならんぞ。朝日丹波は豪毅な性格を表に出した。

「ご両人は無茶や殺生やと申されたな。なるほど貸した側からはそう思われても仕方ないが、借りた側にも一分の理はござる。近年の世情を思い出して下され。天候不順による米の凶作は金銭の貸借に関係なく起きて、誰にも止められぬ。拙者の言い分は、何が起きても借りた元本は必ず返済したい。それを負けてくれとは言わぬ。だがそのためには利息免除と年賦償還を認めていただきたい」

朝日丹波の断固たる態度に押され、二人は額を寄せ合ってひそひそと話し合った。留守居役高橋紋右衛門は顔面蒼白だ。

「しかしご同意いたしかねると申し上げたら如何なりましょうや」と吉文字屋が訊ねた。

「残念ながら拙者の力は及びませぬ。よって拙者に残された方法は藩主に封土返上を進言するしかありませぬ。その場合は良くて条件の悪い処へ国替え、悪くすればお家断絶も覚悟せねばならぬ」

「そんなアホな！　わてらの貸金はどないなりますのや！」天王寺屋利兵衛がわめいた。

「藩主さまはどないな考えですやろ」と、吉文字屋庄助が訊ねた。

「最悪の場合も覚悟なさって居られます」

「そこまで話は進んでるやなんて、天王寺屋はん、えらい事になりましたな。ここはひとつ冷静に相談しようやおまへんか、ご家老さま、ちょっと暇をいただけませんやろか」と吉文字屋庄助が提案した。

「では拙者は席をはずしましょう。ご両人の決意を後ほど伺いましょう。もし同意いただけた場合は藩の名誉にかけて約束を守る所存です。利息代りとして、蔵米の一部ですが約六、七万俵を蔵元から振り替えご両人に今後任せてもよいと考えています。万一不同意と決定されても残念ではあるが、これまでの縁とあきらめ恨み言は申しません」

朝日丹波は一礼して部屋から去った。隣室で待機していた十郎兵衛と数馬が放心した顔で後を追った。控えの間で黙々と時が過ぎ行くのを堪えた。十郎兵衛と数馬は朝日丹波の普段と変らぬ表情を不思議そうに眺めていた。

朝日丹波は、藩の名誉は守れたと会談を終えて爽やかな心境だった。同意や援助を求め卑屈になることだけは避けたかった。それで失敗したら元も子もないと非難する向きもあろうが、勝算はあると信じていた。武士の最後の砦が名誉なら商人の砦は信用と金銭の筈だ。二つを失う選択をするとは思えない。

火鉢の熾火が残り僅かになった時、呼び出された。

元の席につくと、天王寺屋利兵衛と吉文字屋庄助は深々と頭を下げ、声をそろえて言った。

「ご家老さまの申し出を謹んでお受けいたします」

「そうか 忝《かたじ》けない。藩を代表して心から感謝申し上げる。藩の立て直しとご両人の約束を実行する重責を今ひしひしと感じています。手始めに蔵米六、七万俵の販売委託はすぐ手続きいたしましょう」

「ご家老さまのご配慮ありがたくお受けいたします」とお礼を言う二人の顔から先刻の憂いは消えていた。

かくして長年財政再建の足枷となっていた五十万両の借金は、利息免除、元金の長期分割返済という破格な好条件で妥結した。しかし、朝日丹波には喜んでいる余裕はなかった。と言うのは、これから銀掛屋から借金することはできなくなった。臨時出費の天災や幕府の普請要請が無い事を願うばかりだ。

——何としても藩の金蔵に千両箱を積み上げなくてはならぬ。そのためには丼勘定では駄目だ。年貢収入と年貢に頼らない収入、それに対して、藩の人件費、役所経費、参勤交代の費用を合計して収支のつり合いを取る。その外に予備費として金蔵の有金を明記しなければならぬ。

この意図に基づき、朝日丹波は御勝手方奉行に新井助市、補佐役に森文四郎を選んだ。

こうして、入るを図り出るを制する武器となったのが「出入捷覧《でいりしようらん》」と呼ばれる会計法だった。この帳簿に「御金蔵御有金」という項目がある。これが朝日丹波が常に意識した不時の出費に備える準備金だった。この準備金を増やすためには、一にも二にもこれからの改革の進捗次第だ。

## 六

大坂から松江へ帰国する朝日丹波と別れて脇坂十郎兵衛と赤木数馬は江戸へ戻った。

二人は朝日丹波から、大倹約令が江戸藩邸にしっかりと根付くよう、監視役を委されていた。江戸上屋敷、中屋敷、下屋敷などの費用は、「奥向費用」と呼ばれ年貢収入の一割を占めていた。これに手を付けるのは憚《はばか》りがあってなかなか難しい。

参勤交代の行列の簡素化、各種贈答品は原則禁止、祝事は万事控え目、奥女中の減員と減俸などが発表されると、大騒ぎになった。特に奥女中は姦《かしま》しく「これまでも節約してがまんしたのに、これでは死ねと言われるようなものじゃないの？」と金切り声を上げた。実情はどうだろう。奥女中を総括する老女の年給は十七両、次の中老で十両、側女中で八両、末女中でも六両、これ以外に食費や衣装代がかさむ。

屋敷には大倹約令と無縁な者も居た。お種人参係りの小山新蔵の手当は年五百文でしかない。ところが本人は不満を抱くどころか、嬉々として野菜作りから庭木の手入れまでやっていた。近々お種人参を連れて松江へ帰れると希望に燃えていた。

新蔵の悩みの種は、どのようにお種人参の生根を傷つけずに移植できるかだった。長い道中を考えると悩みは尽きない。枯らすような事になれば大変だ。

ある時、庭木の手入れをやりながら妙案が浮かんだ。それは生根をたっぷりと水を含ませた苔で包み、油紙を巻いて細い縄をかける。ある程度まとめて叺《かます》に入れて運ぶのだ。

「そこまではいいけんな。それからだが……儂が背負うのはいいけど、どこまで歩けるだらかな、藤江様に訊ねてみらかの」

「おい新蔵ッ、何をぶつぶつ言うてる？」

「あッ、驚いたがね、藤江さまでござっしゃったかね。あのー松江にはいつ頃戻れますだらかお尋ねしようと思っちょました」

「その時期はだな、治郷公のお国入りが決まらん事には判らんぞ。すべてはそれからだ。大倹約令が出たことは知ってるだろ。今、松江では大騒ぎだろうよ。この屋敷以上にな。やがてその時が来る。それまでしっかりと準備するんだぞ」

「はい」

江戸上屋敷の騒ぎは次第に納まりつつある。脇坂十郎兵衛と赤木数馬が、屋敷をくまなく回り睨みを利かせた効果でもある。二人についた渾名は、赤鬼、青鬼だった。

明和六年（一七六七）、七代目藩主松平治郷のお国入りがやっと実現した。そしてお種人参の国入りも決まった。新蔵がお種人参係りを拝命してから七年目のことだ。種子は桐箱に入れ、生根はかねて研究した通り、苔で包み油紙で巻いて叺に入れた。運搬に辻駕籠が使えることになった。新蔵は辻駕籠に寄り添って歩いた。宿場では自分の食事より先に駕籠から叺をおろし、給水をするほど気を配った。

長い旅も終り、領内に入った。藩主のお国入りは久し振りのことだ。街道には村人が土下座して行列を歓迎した。松江の城下町に入るとその人数は増え続けた。御手船場、寺町、白潟本町を通過し大川に架かる大橋に近づく頃には人波は更に大きくなり警備の侍がさばくのに苦労していた。大橋は南北の袂で通行禁止となっていた。大橋を渡り末次本町で行列の体制を整え、京橋川沿いに行進する頃には、町中の人々が家を空っぽにしたのではないかと思うほどの人混みだ。母衣町、殿町を通過すると、城山に聳える天守閣が見え、行列から喊声が上がった。大手門の馬場で整列し、お国入り歓迎の式が終り、それぞれが所属する役所や家路へと急ぐと、馬場から人影が消え、新蔵と辻駕籠がとり残された。

やがて暮色が濃くなると、駕籠かき人夫が、「旦那ッ、儂らは何処へ行くんですかい。もういいかげん疲れてるんですがね」と凄んだ。

「もうちょっと待ってごさっしゃい」と言ったものの確かな当てがない。江戸を発つ時、藤江八兵衛が「木苗方の役人が迎えに来る」と言っていた。今、それらしき人影もない。この広大な松江城に誰ひとりとして知り合いが居ないと気付くと愕然となった。この時、西の三の丸から手押車を押して小柄な男が現れた。

「おーい、小山新蔵どのかな?」

「はーい、そげですが」

近づいてその男は木苗方の内田長助と名乗った。一時はどうなる事かと胸が潰れる思いだった。内田長助の指示で辻駕籠の人足は木苗方へ空荷で急いだ。新蔵は辻駕籠から降ろしたお種人参を移植する場所へ運んだ。そこはお花畑と言って様々な花卉園芸が行われていた。内田長助は、貧相な容貌の中年男で、木苗方の小者だ。

「江戸のお屋敷からお種人参係がござっしゃると聞いたけんどげなお偉い方かと想像しちょったけんね。お前さんを見て肩から力がぬけたがね、正直なところ、はっはっは」

新蔵は笑い声にあっけにとられた。しかし実直そうな男なので親しみを感じた。お種人参の移植は、内田長助が手伝ってくれたので無事に終った。

「これからお前さんの家を案内するけんついてござっしゃい」と、内田長助は、お花畑から近い足軽屋敷の空家へと導いてくれた。

小さな門を潜ると、玄関、二部屋、台所、厠、風呂まである。裏は畑だ。新蔵はびっくりした。これまでこんな屋敷に一人住いをした事がない。何しろ実家はあばら家、江戸では厩舎の片隅だった。突然のことで訳も判らないがこんな屋敷に住めるなんて夢を見ているようだ。内田長助が用意してくれた布団に潜り込むと、長旅の疲れですぐ熟睡した。

翌朝、ご近所をひと回りすると、足軽屋敷は空家だらけで二度びっくりした。

――こげな有様だけん、儂のような小者がお屋敷を拝領できるのだわな。

松江では江戸藩邸の倹約令よりもっと厳しい改革が、朝日丹波郷保によって進められていた。新蔵が見た足軽屋敷の空家も、明和の改革＝御立派の政治の流れから生じたものだ。

改革は人員整理から始まった。松江藩家臣の序列は、上士、並士、士格、足軽、軽輩となっている。

首切りは上士以下各層に及び、約千人が整理された。

前政権の制度にもメスが入った。役所泉府方は、民間から借金し、それを担保に藩札を発行した。諸産業を活性化する目論見は見事はずれ、借金は滞り、信用は失墜したから、藩札は当然廃止された。

役所義田方は、年貢は収められず、生活苦で逃散した百姓の田は荒れてしまった。その田を一時金を受けて豪商等に権利譲渡した。年貢を生まない田が増える結果になってしまった。これも廃止と決定。

大庄屋と郡役人は、藩が機能しなくなると、目が行き届かなくなり、私腹をこやす輩も出るし、年貢もどこかに消えたりしている。人心一新のため入れ替えた。

闕年《けつねん》で、領内全ての金銭貸借関係をご破算にした。債権者は甚大なダメージを受けた。これぞ朝日丹波が行った強引な改革で、借金に喘ぐ者は救われる一方怨嗟の声も広がった。

斐伊川の大改修工事の実施。ヤマタノオロチの舞台になった大河、斐伊川は暴れ川の異名があるくらい毎年のように洪水、氾濫を繰り返してきた。そのため下流の広い田畑が荒廃した。この改修が他の改革と違うのは、膨大な費用がかかる点だ。そのため反対意見が多かった。しかし、朝日丹波は明和の改革の旗印として実施した。多くの百姓を工事に使役して労賃を払い、完成すれば豊かな田畑が広がる利点を強調した。明和七年（一七七〇）の夏から安永三年（一七七三）の秋まで、三年の歳月を延べ百万人の百姓を動員して完成した。

斐伊川の改修と時を同じくして、新蔵の松江でのお種人参作りが始まった。

――お種人参を連れて松江に戻れたのは、玉作湯神社の神さんのお蔭だけん。これからの成長をお願いすりゃきっと聞きとどけてござっしゃーわね。

新蔵は本殿で長い時間をかけて祈った。

「あれッ、お茶屋の新蔵だないかね。すっかりおせ（大人）になったのー、いつ戻ってきなったかね？」

宮司が目敏く声をかけた。

「戻ってきたばっかりですが、宮司さんには大変お世話になーました。今後ともよろしくお願いします」

「そげな堅い挨拶はいいけん、ちょっこし寄って江戸の話を聞かせーだわ」

宮司が社務所へ引っ張り込んだ。

聞き上手な宮司に乗せられて、江戸からお種人参係りとして帰国した経由から、今足軽屋敷で一軒家を拝領したことまで喋らされた。宮司が奥へ向って手を叩くと、初々しい巫女が茶菓の接待に現れた。新蔵は一目見てどきっとした。巫女は懐しいはるのかと見紛うほどよく似ている。巫女も宮司も顔を見合わせ意味あり気に笑っている。

「よく似ちょうだらが、びっくりしたのも無理ないけんな。この娘は、はるのの妹であきのという娘だが」

「ほんによう似ちょられーわ」

三人して大笑いになった。去る後姿もそっくりだ。あきのが去ると、宮司が声を潜めて、

「あきのも年頃だけん、どこぞ良縁を世話してやらないけんと思っちょうが。どげかね、お前も松江藩の家来にならしゃったし、立派なお屋敷も用意できた後は嫁ごさんだの。あきのは器量も気立てもいいぞ。儂が世話すーけん考えてみんかね。いいおかか（嫁）になーぞ」

新蔵はあきのに出会ったばかりなのに、結婚まで話は一足飛び、何と答えていいやら、困った。宮司は信頼できる人だし、はるのの妹と知ると親しみも感じる。加えて可愛らしい。

「儂にはいいお話だども向うさんはどげ思っちょうなあですかね」

「それは心配いらんけんな。あきのは姉さんからお前さんのことは、何やかや聞いちょったけん。かいしき知らん男の話をもっていく訳じゃないけんね」

「そげですか。じゃ、両親に報告しますけんその上で、よろしくお願いします」と言い終るや、宮司の顔色が変った。

「家の消息を聞いちょらんかや。てっきり知っちょうと思っちょったがな。もう四、五年になーけんね。あそこの部落ごと逃散したけんな。百姓衆はどこも苦しんじょる。家と田畑を捨てて逃げるとは、

……思わんかったけんね。それからは方々の村でも起きるし驚かんやになったけんね。今お上からは棄農禁止令がでる程だけんな、ひどいもんだ」

新蔵の頭は真白になった。空家の目立つ足軽屋敷に驚きはしたが、まさか実家がそうなるとは考えたこともなかった。

新蔵が一目実家を確めたいと言うと、

「もう道すらない草ぼうぼうの処へ何を確めーだかね。荒れ果てた家を見たら悲しくなーぞ。お前はお種人参をしっかり育て、世帯を持ってごせ。そげすりゃ、いつか両親が現れても世話できるだらがね。死んでしまった訳だないけん希望を捨てたらいけんぞ」

宮司が親身になって助言してくれた。

新蔵は一晩泊って行けと勧めてくれる宮司に感謝したが、独りで考えてみたいと思い松江に帰った。

お花畑でお種人参の世話をしている時は、そうでもないけど、広い屋敷（世間からすれば狭いが）に話し相手もなく座っている時は、寂しくて涙が頬を濡らした。江戸で常吉や善覚と暮した時が懐しい。

――あきのさんとの結婚を玉作湯神社の宮司さんに頼んでみようかな。

新蔵は決心すると早速行動に移した。しかし不安材料がひとつあった。安定した収入が無いことだ。

宮司に会って、率直に何もかも打ち明けた。

「よう決心したのう。実はな、あきのには別の縁談があってな、ぼやぼやしちょったらいけんとこだで。ひとり暮しは難しいが二人暮しなら何とかやれる。何だい心配せんと儂にまかせてごさっしゃい」と自信たっぷりに宮司が引き受けてくれた。不思議なもので、昨日までの悩みと不安が消えてしまった。

新蔵とあきのは玉作湯神社で、ささやかな式を挙げると、松江城下の四十間堀の足軽屋敷で新所帯を持った。野菜作りはお手のもので裏庭で青物を育て、四十間堀で早朝釣糸を垂らすと、鮒《ふな》や鯔《ぼら》がつれた。なんとか暮らしていける。若いからできることだった。

――あきのはやり繰り上手だけん今は何とか凌げるだども、まわりの空家の様にならんともかぎらん。おぞい（恐ろしい）ことだ。宮司さんは二人なら何とか暮せーけん心配するなと言わっしゃったけど、子供が生まれて三人になったらどげすーだ。宮司さん教えてごさっしゃい。独身時代には恐い物は何もなかったのに、今は将来のことを考えると怖い。あきのに悩みを打ち明けたら「何とかなーわね。お前さんはお種人参のことだけ心配しなったらいいがね」と言われた。その通りだと思った。

藩の方針で、お種人参は直営の畑で栽培することになり、新蔵は畑の候補地を探すことになった。何処から手を付けたらいいか悩んでいると、品のある初老の男が話しかけた。

「お主かな、お種人参を江戸から持ち帰った人は？」

その男は法体で無腰だからどの様な家臣なのか見当がつかなかった。

「そげです。木苗方人参係りの小山新蔵です」

「拙者は藩の典医を勤める岡本瑞庵だ。朝日丹波殿から、藩の手作り畑を作ることになったので何か良い智恵を貸してくれとお話があった。高価で貴重な人参を松江で栽培できるなら、こんな嬉しいことはないな。ところで何処へ手作り畑を開くのかね」

「それが……、かいしき松江近辺の土地を知らんもんですけんどげしょうもない状態ですが」

新蔵は申し訳ない気持ちで頭を下げた。

「詫ることはない。ご家老も若い小者が熱心に世話しているから協力してやってくれと申された。拙者は治療の方法しか判らんが、確かによく効くぞ。先年宗衍公が病に伏せられた折、上方から取り寄せ、煎じて差し上げると恢復《かいふく》されたことがあったな。藩の自前になったら大変ありがたいことだ。そうだ、手作り畑探しを二人でやろうじゃないか。栽培の方法については何も判らんけど、多少土地の事情は判るから」

何ともありがたい救いの神が現れた。しばらくして、松江近郊を、典医岡本瑞庵と毛坊主人参係りという妙な二人連れが巡回した。どの村でも松江藩の典医が来たとなれば有力者が丁重に対応してくれる。効率が上がり、手作り畑一号は、東津田村に出来た。そして東津田村の手作り畑は、伊原甚右衛門と言う地元の有力者に委託し、次の適地を求めて二人の旅が始まった。

安永二年（一七七三）、新蔵は毛坊主から正式に、木苗方人参係りになった。

## 七

朝日丹波郷保の総力をあげた改革は、早くも成果が表れた。「御金蔵有金」の残高は、常に五万両を切ることはなくなった。

安永八年（一七七九）、幕府の日光諸社堂修繕要請にも、つつがなく対処できた。

天明三年（一七八三）、全国で大飢饉が発生した。昨年春から夏にかけて長雨が続き、洪水が起きた。しかし松江藩では、斐伊川の大改修が完了していたから被害を出さずに済んだ。

六月、信州浅間山が大噴火し天高く舞い上がった火山灰と噴石は、各地で深刻な被害を与えた。冬になっても異様に暖かく、豪雪地帯でも雪がなかった。翌年春から夏に入っても寒冷で、稲穂は実を付けなかった。このため東北の諸藩では打ち続く凶作で、餓死者が続出した。天明の大飢饉が始まった。

松江藩でも凶作となり、各地で百姓一揆、強訴から打ち壊しに発展すると、郷役人や村役人の力では阻止できなくなった。

村々から松江城下へ群集が押し寄せ、裕福な商家、澤屋、肥後屋などに襲いかかった。藩は力で制圧することを決め、町奉行松林弥左衛門が槍の鞘をはらって威嚇しどうにか鎮圧に成功した。

松江藩は倹約に倹約を重ね、御金蔵有金を積み立てるよう努力してきた。この予備金のお蔭で、一人の餓死者も出さなかった。

天明の大飢饉を乗り越え、財政再建の道筋が見えてきた。

天明三年（一七八三）、六代目藩主松平宗衍が逝去した。既に隠居し南海と号し、政治の舞台から身を引いていたから、さしたる影響はなかった。同年明和の改革を断行してきた朝日丹波郷保も死亡し、改革の前途を危ぶむ声もあった。しかし七代目藩主治郷は、朝日丹波の敷いた路線を守り、寛政八年（一七九六）には、直捌きに乗り出した。そして朝日丹波郷保の嫡男朝日丹波恒重を抜擢し改革を継続させた。

新蔵は岡本瑞庵の協力で、手作り畑を次々と開設した。東津田村から古志原、大庭、乃木、玉造温泉とその範囲を広げた。

天明六年（一七八一）に、米四俵二人扶持の足軽に取り立てられ帯刀を許された。ちなみに、石高に換算すると、四俵は一石六斗で二人扶持は、一人が毎日五合を頂くとして年当り一石八斗、二人分で倍の三石六斗になる。従って米四俵二人扶持は、五石二斗となる。これは自作農で八反百姓に該当するから、玉造お茶屋の使い走りから、江戸藩邸の毛坊主を経て、異例の出世を遂げたと言ってもいい。今では藩切ってのお種人参栽培の第一人者になった。江戸藩邸でお種人参係りに採用してくれた宗衍公の逝去は新蔵にとりとても悲しかった。あれから実に二十二年が経過していた。

――お殿さまは期待されてたのに、もう喜んでもらう機会がなくなってしまったけんな。どげしょうもないが。儂はこの二十年余り、決してなまけちょった訳ではない。いろいろ工夫を重ねてきた。暑さに弱いけん、日除けも作った。肥料は人糞や牛糞より馬糞がいいのも判ってきた。種子も直蒔きより苗床へ蒔くのがいい。それでも成果が上がらんけんなァ。今ちょんぼし気付くことがあーけんな。それはどうも連作はいけんらしい。そうかと言って次々と畑がある訳じゃないけん困ったもんだ。

木苗方の花形はハゼの実だった。収穫期には、各地からハゼの実の入った叺が送られてきた。それを検品、計量し記帳する業務が連日続く。この時期は猫の手も借りたい繁昌振りで、日頃の怠惰な雰囲気が一変する。日頃、熱心に励んでいる新蔵を、煙たいと思ってる連中が勢いづき、この時とばかり成果が出ないのを軽蔑したり非難するのだった。

「お種人参はいつになったら収穫できるかや？」

「新蔵は年がら年中忙しげにしちょうけん、もうじきだわね」

「そげかや？　儂はかいしき目度がつかんやな気がすーで」

「それでも鳥目（褒美の金）がもらえーだけん結構な身分だのう」

新蔵の痛い処をつくから辛い。

これまでお種人参の実績と言えば、岡本瑞庵の斡旋で領内の医者と薬屋が買う程度だ。そして、毎年奨励金として鳥目五百文をいただいていた。下々の者の思いとは違い、藩の執政者は、新蔵が悪戦苦闘しているお種人参の将来に期待していた。やがて産み出されるだろう価値と安上がりな新蔵の俸給を較べた上でのことだ。

七代目藩主治郷が浮腫を煩った時、彼は藩の医者では不安だったらしく、江戸から小牧寿庵、京から畑柳安、大坂から林一鳥を招いた。その他本草学の山本逸記を招聘した。

その後、松江に藩医学校「存済館」を創設した。先代宗衍に続き治郷もお種人参に興味があったことで、お種人参栽培が細々とではあっても続けられた。

松江藩のお勝手向きを、外から見た記録が残されていた。

寛政二年（一七九〇）、幕府作事方破損奉行の寺社修復方と言う長い肩書きの、近藤庄蔵なる人物が、松江藩十郡部を巡視して報告した。この時点は、明和の改革＝御立派《みたては》の政治が始まって二十四年経過した時だ。

報告の要旨は、天明の大飢饉の直後にも拘らず、この地方は贅沢な暮し振りが見られたことを問題にしている。見方を変えると、朝日丹波郷保が断行した御立派の政治が成功した証明でもある。

## 八

寛政八年（一七九六）、藩主治郷が直々に執政を行うと声明した。「御直捌き」の政治の始まりだった。その意図は、軌道に乗ってきた改革の流れを一層強固にしようと言うことだった。治郷は声明文を自ら手書きした。

上士には面談した。並士以下には読んで聞かせて改革の意思を共有した。並み居る家臣の文字通り末席で、拝聴した新蔵は感激し、何としても与えられた職務を全うしようと思った。

お種人参の栽培方法は、誰からも教えてもらえず試行錯誤を繰り返してきた。新蔵の強みは、常に寄り添ってきたことだ。自然と見えてきたこともある。

秋に蒔いた種子は、越冬して芽生き、四、五月に花が咲く。土用を過ぎて紅色に成熟した実（種子）

が自然に落ちる。それを大切に保管してまた秋に蒔く。発芽にはすごく時間がかかる。もう駄目かなと諦めた頃、芽生く。この解決方法として苗床を作り、苗を育てた。直蒔はすごく効率が悪い。暑さに弱いことも判った。元来、自然の山野に自生していた植物だから、野菜の好む人糞や牛肥は避けた方がいい。できれば馬糞を好むようだ。

何より難点は、四、五年も時間をかけないと収穫できないので、百姓に作らせる百姓畑ができない。したがって手作り畑で限られた生産で止ってしまう。しかも、四、五年目に収穫した後の畑では肥立ちが悪い。

幸い息子の茂蔵は人参作りが大好きで、新蔵の後を常に追ってきた。教えるより習えで、新蔵の知識は殆ど茂蔵に伝わった。

寛政九年（一七九七）は小山家にとって思い出の詰まった年になった。親子三人が玉作温泉の手作り畑で汗を流したからだ。これまで三人揃って作業したことはなかった。

春たけなわの時、ふとした思いつきで、新蔵は玉造温泉行きをあきのに誘ってみた。

「あらどげした風の吹きまわしかね。いつも茂蔵とばかり行ってだけん、私は拗《す》ねちょったわね」

「そげかや気がつかんかったのう。畑はえらい仕事だけん誘わなんだども、一段落したことだ。遊び半分にどげかなと……」

「よう誘ってごしなはァました。はやいこと弁当をこしらえますけん、待ってごしない」

あきのは浮き浮きと支度を始めた。

先ず三人は玉作湯神社へ向った。世話になった宮司は亡くなっていたが、夫婦には思い出深い神社だ。本殿につながる石段を昇る三人の肩に、桜の花吹雪が降りかかった。三人はそれぞれの思いを秘めて参拝を終えた。

神社の西隣には、藩主のお宿玉造御茶屋が、昔のままの姿で建っている。

「宮司さんも御茶屋のおじじも亡くなってしまったけん。ほんに寂しげなもんだな」と新蔵が呟いた。

あきのは頷いたものの、「三人揃っての里帰りみたいなもんですけん今日は」とはしゃいだ。

空口という部落を過ぎ、山道に入った。人家や田畑は姿を消し雑木林になった。やがて一斉に芽生く時が来るのを告げる木の香りがした。雑木林は赤松の森へ変わり、周辺には薄の野原があった。かつては畑だったが、持主が逃散し茅《ちがや》が蔓延してしまった。その一角を新蔵は苦労して畑にした。畑の向うに花仙山が迫っている。その山裾には無数の立坑が掘られ、勾玉になる瑪瑙《めのう》の採掘が行われている。

お手作り畑にお種人参の可憐な花が咲いていた。柔らかな日差しの中で、作業する親子の姿を見詰めていると、どうして夫がこの地を選んだのか、あきのは納得できた。

――あの人はこの奥の部落で生まれ、御茶屋から育って行ったけんね。神社の神さんが呼ばっしゃったお蔭で戻ってこられたげな。自分の一番落ちつく場所で、お種人参を育てたい気持ちになったんだわ。そげに決まっちょうわ。聞かんでも私には判かーわね。

あきのは枯枝を集め、小石を拾い寄せて作った即席のかまどで湯を沸かした。時折春風が煙を巻いて目がしみた。

「昼飯はまだかね？　腹がへってかなわん」

新蔵が大声で催促した。茂蔵は早々と戻ってかまどに柴をくべている。

あきのは、竹皮の包みから大きな握り飯と漬物をひろげた。一斉に手がのびて、しばらく経つと空っぽになった。新蔵と茂蔵は、指についた飯粒を、ていねいにつまんでは口に入れている。

――変な仕草が似ちょうもんだがね……。

あきのは忍び笑いをすると、二人は怪訝な顔をした。

「何がおかしいだらかね?」と咎めた新蔵の口唇の脇に飯粒がひとつ付いているので大笑いになった。

作業は早終いにして、下の湯に行った。この時刻にしては込み合っていた。桜の花見に来た人が利用しているらしい。江戸の湯屋を思い出し、昔話をちょっぴり茂蔵に語った。すると茂蔵は江戸へ一度行ってみたいと言う。

「残念だのう。お種人参が一本でも残っちょうと儂らにも用事があーかも知れんが、そげな機会はもうないわね」と新蔵は諭すように言った。

嫌な梅雨がきた。毎日しとしと降り続くと気分が滅入ってしまう。新蔵の場合はそれだけではない。お種人参が長雨に弱いのだ。乾燥した風土が向いているのか、土中の水分が多くなると、白癬病が根を腐らしてしまう。そのため、溝を掘って排水したり、あまり長雨が続くようだと雨除けのすだれまで必要になる。梅雨が明けると、今度は強い陽射しが要注意で、散水もこまめにしなければならぬ。とにかく愛情をそそがないことには育たない。それでも紅色の実がつき、自然と地面に落ちたのを拾う時は、これで又栽培がひろがるぞと嬉しくなる。


暑い暑いと愚痴をこぼした日々が、やがて遠い記憶になった。稲刈りや秋祭りも終り、今は刈り取った稲束が稲掛けで、弱々しい陽射しを浴びていた。

小山家の三人が、久し振りに玉造温泉の手作り畑を訪れた。途中の山道に柴栗がいっぱい毬《いが》ごと落ちているのを、茂蔵が夢中で拾った。赤松の林にさしかかると。松茸が幾つも落ちていた。

「なして高価な松茸が落ちちょうだらかね」とあきのは拾って不思議そうに見詰めた。

「松茸盗人が、あわてて逃げる時に落したのかな？　どうせそげなことだ」と新蔵が推理した。

「松茸は勝手にとってはいけんだども、しめじやエノキ茸は、あそこの雑木林の中になんぼでも生えーけん採っても叱られん。もうちょぼんし秋が深まらんと生えてこんだども」と、うんちくを披露すると、茂蔵が感心した。畑に着くと早速種蒔きにかかった。三人の背中に柔らかな陽射しが注ぐ。時折涼やっこい風が頬を撫ぜた。疲れた腰を伸ばして休むと、錦繍の衣をまとった花仙山が、澄みきった青空の下で輝いている。四季折々の花仙山を見てきたが、今が一番華やいでると、新蔵は見蕩れてしまった。作業の締めくくりはやがて降る雪対策だ。藁囲いに手間どった。作業を終えた三人の顔には、満足した喜びがあふれていた。今年はこれで見納めかと思うと、藁囲いの中の苗床がいとしくなった。晩秋の日暮れは早く、雑木林の陰は畑にまで伸びてきた。恒例の入浴は断念して家路を急いだ。玉造温泉街を素通りし、湯町、布志名を通って乃白浜から袖師が浦まで、湖畔の道を急いだ。

袖師が浦の小高い場所に古刹円成寺《えんじようじ》がある。そこの墓地に松江城を築いた堀尾氏が眠っている。そのことを岡本瑞庵から聞いていたので、柴栗を供える気になった。墓前で祈りを深めていると、突然墓地全体が赤く染まった。驚いて宍道湖を振り返ると、雲層の裂け目から沈む夕陽が顔を出し湖面を照らしていた。目前の嫁が島の小さな鳥居も赤く染められた。

「ほんに見事な眺めだのう」と新蔵が呟くとあきのと茂蔵が頷いた。絶景に見蕩れたのもわずか数秒、景色は暗い墨色に沈んでしまった。

小山家の裏庭に毎晩霜が降り、一面白くなった。厳しい冬の季節を迎えた。

新蔵は時折岡本瑞庵と会い、今後どこへ百姓畑を作るのがいいか相談した。ある日要件の話が終ると、岡本瑞庵は一息ついて「お前は少々疲れ気味じゃないかや?」と訊ねた。新蔵が頷くと、「無理もない長年働きづめだから当然だ。ところで茂蔵は確か来年十六歳になる筈、いい後継ぎができたの。どうかね、今年のうちに元服の式を済ましたらと思うのだがな……」と持ち掛けた。

「茂蔵の元服の式ですかいね。儂は百姓の出ですけん考えたこともあーませんでしたがね」と新蔵には全く予期せぬ提案だった。言われてみれば、伜の茂蔵は自分とは違い、身分は軽くとも侍の子だ。今は自分と一緒になってお種人参作りに精を出しているが、幼児の頃から寺子屋に通い、折にふれて岡本瑞庵先生の薫陶を受けてきた。

――先生の言わっしゃる通りだ。儂はほんにうかつだったのう。

「式と言っても難しく考えんでもいい。十五御乗り出しと言うけど、決りがある訳じゃない。十四歳でも十六歳でもかまわん。式をやるとやらんでは影響がある。例えば家督相続などだ。式を済すと本人の自覚もめばえるし、周りの見る目も変わる。これが一番大事なことだな。内輪の者が集まればそれで結構」

岡本瑞庵がいい助言をしてくれた。

帰宅してあきのに相談すると、あきのは大賛成だった。

師走も半ば、岡本瑞庵、木苗方の内田長助、茂蔵の友人三人を招いて式を行った。

あきのの手料理は、皆に好評で酒が入ると盛り上がった。茂蔵が瑞庵先生や内田長助と話を合わせて、如才なく振る舞っている姿を見て、新蔵とあきのはにっこりと笑い頷づき合った。酒宴は延々と続き、客人が帰る頃には、日はとっぷりと暮れた。三人が門で見送っていると、ゆっくりと、だべさ（牡丹雪）が降りだした。

「あらッ、初雪だがね」と、あきのは掌に受けてはしゃいだ。

翌朝、城下町は銀世界に変っていた。雪は音を立てず夜通し降り続いたらしい。断続的に降り、時どき寒風が吹くと、だべさは硬い大粒の雪に変り積雪の厚みを増した。

城中の諸行事は全て終り、大晦日になった。新蔵の勤めが三日まで非番になったこともあって小山家には、ゆったりとした空気が流れた。正月の料理には寒鰤が丸ごと一本ある。これは茂蔵の元服のお祝いにと、岡本瑞庵が届けてくれた。鰤一本はとてつもない贅沢だ。あきのの手に余るので新蔵が代って裁くことになった。連日の雪のお蔭で、とても新鮮だ。新蔵は江戸で常吉が捌いてる姿を思い浮かべて出刃包丁を使ったけど、なかなか思うようにはいかない。散々苦労して、頭を落し、三枚におろして、煮付け、塩焼き、刺身の三区分の他、骨付きのアラとはらわたを甘辛く煮付けた。アラの煮付は大皿に山盛りになった。家族三人揃って、大皿をつついた。

新蔵は江戸屋敷で、料理長の常吉が食べさせてくれたアラが懐しかった。喋っていると、いろいろな感情がこみ上げてきた。

「常吉さんには、ほんにお世話になったけんな。善覚さんはちょんぼしいけずだけど面白い人だった。今どげしちょうだらかな。儂がお屋敷住いになったのを見てもらいたいな……。お前たち儂の話を聞いちょうかや？」

「ああ、ちゃんと聞いてますけんね。なあ茂蔵ッ」

「うん、ちょんぼし同じ話のくり返しがあーますけどね」

「そげかや。古い話だけんな。酔いが回ったけん、あやがないやになってどげしょうもないわ」

新蔵はやがて、ろれつが回らなくなり、倒れ込むと大きな鼾《いびき》をかいた。

あきのが綿入れを新蔵にかけながら、独り言を呟いた。「ほんに嬉し気になっちょってだわ」

寛政十一年（一七九九）の元旦は、吹雪で明けた。終日、雨戸を雪と風がゆさぶって音を立てた。新蔵はお種人参の苗床が気がかりで落ちつかない。狭い部屋をうろついた。

「心配でもこの天気じゃどげしょうもないことですけんね。やがて熄《や》みますけん、それまでは昼寝でもしてごしない」と言い、「人参のことになーと子供みたいだが」と小言を呟いた。

二日になりやっと降雪が熄んだ。花仙山のお手作り畑行きを逸《はや》る新蔵を二人がかりで止めた。火燵でお茶を飲む時でも、新蔵は不満を洩らした。

「恨む相手は天気ですけんね。明日にはいい方に変るといいですがね」と、あきのがなだめた。

三日目、新蔵の思いが天に通じたのだろう。久し振りに、灰色の雲の切れ目から薄日が差した。新蔵は出発の準備を始めた。厚着をして、わら沓《ぐつ》を探した。

「もう少し様子を見たらどげです？　天気は変りやすいけんね」

あきのは何とか止めたいと思ったが、これで三日目、これ以上は無理かなと思った。荷担してくれる茂蔵が留守なのも痛い。

「ちょっこし見たらすぐ戻るけん心配いらんが」と新蔵は蓑を身につけた。

「お前さんはほんにきこ（頑固）なけん困ったもんだわ。降り出したら、すぐ引き返してごしないよ」

「ああそげすーけんな」

新蔵は手拭いで頬かぶりをした上に、笠をかぶり家を出た。城下町の道は、雪掻きが行われ、雪は脇へ寄せられていた。布志名へ越す峠は人馬の往来で踏み固められ、やすやすと越えた。次の湯町へ抜ける峠は人影もなく、積雪は膝頭まで没するので苦労した。かなり体力を消耗したのに気持ちの上ではここ迄やれたんだからと自信過剰になってしまった。

宍道湖畔の村、湯町から玉造温泉を目指していると、湖上の厚い雪雲が北風に押されて、ゆっくりと新蔵を追ってきた。湿り気を帯びた雪が降ってくる。新蔵に昔の記憶が蘇った。玉造御茶屋に松江の殿さまが泊った時の降雪そっくりだ。後から後から湖から雪雲が押し寄せて大雪になった。

――こりゃいけんぞ。早いこと花仙山の畑を確めて温泉宿へ逃げ込まんとえらいことになるぞ。新蔵はためらわず近道を進んだ。曲がりくねった小道は、密集した竹藪や鬱蒼と茂る杉林の下を通るせいで積雲は浅かった。半刻（約一時間）もかからず、花仙山の見える場所へ辿り着いた。そのさきは一面の雪原が続く。多分雪の下は田畑と野原が隠れているのだろう。百姓の通る畦道も埋まっている筈だ。

新蔵は慎重にゆっくりと足を運んだ。白い綿帽子をかぶった木や稲架と凸凹の地形が、行手の目印だ。何度も斜面を雪煙りを立てて滑り落ちた。雪まみれになり、笠は飛び、蓑《みの》はたっぷりと雪を含んで重たくなった。幸い柔らかい積雪のお蔭で怪我もせず、花仙山に一気に近づいた。しかし、自分が思うほど若くはない。躰の節々が悲鳴を上げた。雪の中を這いずり回るようにして、手作り畑に辿り着いた。雪をはらい除くと、藁の囲いはしっかりと役目を果していた。その中で、苗床は静謐を保って息をしていた。新蔵は安堵し気がゆるんで泪を流した。降雪は勢いを増し、かすかに見えていた花仙山は雪の帳《とばり》で隠されてしまった。厳しい寒さに身震いが止まらない。感傷や自己満足が消えると、空しさが残った。

――手作り畑は、何だい問題なかったけん良かったたな。でもあきのの反対を押し切って来たのは何のためだ。やくてもねえ（不必要な）事をしたんでねえかな。あきのが言う通り儂はきこ（頑固）なけん、早よ戻って謝らないけん。

新蔵は一刻も早く玉造温泉に辿り着かんとえらい目に会うと感じた。芒が原は雪原と化して道と区別がつかない。歩くと膝頭まで落ちこみ、まるで尺取り虫になってしまった。赤松林までは良かったが、雑木林は葉を落し、どこを向いても同じ光景が広がって、方向感覚を失った。きっとこの方向だと判断して蛇行したら、前方は急な崖だったり、見たこともない池だったり、結局同じ処を徘徊していたのだ。最後の気力を振り絞り進んで、前方を見ると、降雪に霞む花仙山があった。

「驚いたなーどれだけ歩いたか判らん程だのに元の処へ戻ったがね。お種人参が儂を呼び戻しちょうぞ」

新蔵は誰にも聞きとれない声で呟いた。とにかく眠い。でも眠ってはいかんという意識が働き、両手で頬を叩いた。五体から寒いとか痛いとか、そんな感覚はなくなった。又、睡魔の誘惑に負けそうになるけどもう両手が動かない。わずかに頭を上げて周りを見ると全て白一色。これは現実なのか幻なのか判らない。音も全て白銀の世界に吸いとられたようだ。新蔵は幽明の境地にさ迷ってしまった。

「あれッ、あきのと茂蔵でねか？　よもよも遠い所を迎えに来てくれたのう。早よ戻らないけんことは判っちょうけど、足が動かんやになって、どげしょうもなかったが。何ッお種人参がどげなかって？

安心してごせ。心配ないけんな。おいおい笑っちょらんと手を貸してごさんか。早よ起してごせ！　おかしげなもんだのう。儂の体が浮いてきたけん両手を把んでごさっしゃい、たのむけんね！」

両手を伸ばして倒れた新蔵に、しんしんと雪は降り続き柔らかく包んで白銀の世界に同化させてしまった。

## 九

寛政十一年（一七九九）一月三日が暮れようとしていた。城下町に終日雪が降った。小山新蔵の妻あきのは、しばしば表に出て、空を仰ぎ溜息をついた。

「ほんとうにあの人はきこなけん、こげな心配をせんならんが……今何処をうろうろしちょってだらかね？」と、ぼやいた。今朝雪が小止みになると、あきのが止めても聞かずに飛び出した新蔵を案じ続けていた。夕闇が迫り見通しが利かなくなり、諦めて家へ入りかけた時、息子の茂蔵が帰って来た。

「とうさんはまだかね、困った人だのう。何処を探したらいいか判らんけん困るがね」

「そげだね、暗くなったけん家ん中で待たな仕方がないね。食事はまだかね？」

「うん、昼食べたきりだけんね」

茂蔵は寄り合いがあって、終日、外出していた。

「お前が居てござっしゃったら二人で止めれたのに……」と、あきのの繰り言が続いた。

新蔵が居ない食事は淋しく味気無い。表戸がきしむと、ハッとするけど無情な風の仕業だった。気持ちを切り替えて就寝しても眠れない。あきのは明け方にやっとまどろんだ。すると夫が青ざめた顔で門口に立ち、手招きをした。早く入るように言うと微笑んで動こうとはしない。そこで夢からさめた。

隣りの布団はもぬけの殻で、戦慄が走った。もう目が冴えて眠れなかった。忍び足で台所へ行き、かまどに火をつけた。枯れた松葉をくべると、火勢は一気に強くなり冷えた心を少し暖めてくれた。

「かあさん眠れんかったかね？」と、いつの間に起きたのか、茂蔵が労ってくれた。

「こげして待つのはたまらんけん、探しに行ってみいかね？」

「そげだね。早いとこ見つけて文句つけんといけんわね」と、茂蔵が賛成した。

慌ただしく旅仕度をして二人は新蔵を探す旅に出た。足軽屋敷は積もった雪の下で眠っていた。二人の跫音《あしおと》だけがひびいた。大橋川に続く川北の町や、川南の町も人影がなかった。今、正月休みの最中だ。白潟本町という商店街に入ると、表戸をあける音がした。城下を抜け、宍道湖岸の街道を西へ進んだ。乃木浜辺りで南東の方から陽光が射してきた。湖岸には渡り鳥の群れが身を寄せ合って寒さをしのいでいた。やがて道は湖から離れ峠へと続く。峠は雪が深く難儀した。布志名という部落にはいると、道路は除雪され、人馬の往来がはじまった。旅人等と擦れ違う時は、二人は目を皿のようにして確かめたけれど新蔵と出会えず二つ目の峠も超えて、湯町という部落を通り玉造温泉まで来てしまった。

かつてこの町は新蔵とは縁が深く、特に松江藩主の御茶屋と玉作湯神社がそうだった。時代が変わり、番人と宮司も変ってしまった。新蔵が泊る筈がないけど、念のため訪問してみるとやはり駄目だった。次に当ってみる処と言えば旅籠だ。湯治宿から老舗の旅籠まで十軒を虱潰しに訊ねて回った。最後に上宿の旅籠が残った。新蔵が最も泊りそうにない宿だ。案の定、宿帳に新蔵の名前は無かった。

あきのは玄関を出た途端、貧血で座り込んでしまった。

「とうさんは何処へ消えてしまったかや?」と、茂蔵が独りごつと、あきのは「もうどげしていいやら判らんやになった」と涙まじりの声で呟いた。

母の悲しむ様子に茂蔵は居たたまれなくなった。しかし、自分こそこんな時に母を支えなくてはならないと思い、「とうさんとは何処かで擦れ違ったかな? 今頃松江へ戻っちょってかも知れんよ」と母を慰めた。「そげならいいけどね」と、あきのは弱々しい声で言った。

茂蔵は松江に帰る前に花仙山のお種人参畑を確かめたいと言った。

「あそこは泊る小屋も無いけん行ってもしょうがない」とあきのは言ったが、強いて反対はしなかった。

空口の部落を通り花仙山への山道を一歩一歩雪を踏みしめて登った。陽射しは積雪を溶かしはじめている。

茂蔵は歩きながら父を想った。

――とうさんもかあさんの意見を聞いて、出発を一日延ばしたらよかったのに……でも昔からお種人参の事になると人が変ったやになるけんな。人参に取り付かれちょってだわな。

松林に続く雑木林を過ぎると人参畑はすぐだ。芒《すすき》が原と人参畑も雪原と化し、花仙山は白化粧していた。

人参畑の辺りに黒い塊りがあった。目をこらすと二羽の鴉《からす》がこちらを窺っている。「こらぁ！」と、茂蔵が声を張り上げると、鴉は羽搏き飛び去った。その跡に藁束のような物が残されていた。二人は不吉な予感がして顔を見合わせた。歩み寄るとやはり蓑をまとった新蔵だった。

「おまえさんッ、こげな姿になって……」

あきのは夫の凍えた躰に覆いかぶさり号泣した。茂蔵はぼうぜんと立ち尽くした。涙がとめどなく流れ落ちた。

「こげに私を泣かしてからに、とうさんたら笑っちょってだがね。ほんにいい気なもんだが……」と、呟きながらあきのは新蔵の顔を撫でて泣き笑いした。

言われてみると、父は微笑んでいた。そして両手を伸ばしていた。凍死する寸前父は何を考えていたのだろう。絶望しなかったのだろうか。多分猛吹雪だったはずだ。もう帰れないと絶望しなかったはずがない。どうして笑顔なんかしてるの？　と問いかけてみたい。体温が下がり頭が変になって妄想をいだいたのだろうか。父はお種人参となると一種の変人になった。人参にとり付かれたかな？　この時の記憶は強烈で、父の亡骸、否、魂が知らず知らず茂蔵に憑依した。

二人が村役人に届けたら、正月休みなのに村人の協力を取りつけてくれた。

翌日、新蔵の遺体は我家に戻ってきた。

あきのと茂蔵は悲しみを封印して努めて平静に振舞った。極々内輪で密葬を行った。世間は松の内、事故死の原因は仕事に夢中になってしまった結果で、返えす返すも残念だ。けれども新蔵の働き振りを批判していた人達は、何て軽率な行動をしたんだと謗《そし》るだろう。そんな声を聞くのは耐えられなかった。終始支えてくれた岡本瑞庵と内田長助が早すぎる死を悼んでくれた。

葬儀の後、あきのが一番心配したのは、茂蔵が無事に小山家の跡目相続をできるかどうかだった。譜代の家とは違い、小山新蔵の身分は一代限りだ。あきのが岡本瑞庵に相談すると、「新蔵の働きは立派だったし、幸い茂蔵は元服を済せたから大丈夫だと思う。儂からもよしなに申し上げておこう」と、力付けてくれた。

茂蔵は身分が決まらぬまま、家で蟄居するのは苦痛だった。城下に近い人参畑に行くのは差し障りがある。そこで隠れ里のような花仙山の人参畑から、芽生えたばかりの苗を裏庭に移植することにした。実行してみると、毎日裏庭を見るのが楽しく心の支えになった。

――きっと、とうさんが一番喜んじょってだ。茂蔵は我ながらいい事をしたと思った。父が生きていた時は、毎日父の後を追って人参畑に行ったものだ。今、身分が定まらず落ち着かない気持ちを癒してくれるのはこの若々しい苗だ。

待望の跡目相続が決まったのは、新蔵の死から六十日余りたった寛政十一年三月に入ってからだった。意外なことに、人参係りではなく、御旗組御番方だった。

茂蔵はこれでお種人参と縁が切れたと思うと寂しく不満だった。しかし、喜んでいる母の顔を見ると、自分の思いを封印した。

第二章　新蔵の息子茂蔵、お種人参の聖地日光へ

## 十

御番方の勤めは、松江城の大手門、西の門、南虎口門、脇虎口門、三の門、水の手門、木戸門、埋門、搦手口門などの警備だ。今年十六歳になる茂蔵は、組では最も若く、どちらを向いても先輩ばかりだ。毎日上役の指示通りに動き、決められた時間が過ぎると任務が終る。楽と言えば楽だった。これと比較すると父のお種人参栽培は、毎日が創意工夫の連続だった。今となっては適わぬ夢だけど父の跡を継ぎたかった。御番方を軽視する訳じゃないけどやり甲斐がないと思う。そんな内心を見抜かれたのではないだろうが、武術の教練で、茂蔵は思い切り痛めつけられた。茂蔵は読み書き学問は岡本瑞庵から学んできたが、剣術、柔術などの稽古はしたことがなかった。畑仕事のおかげで膂力《りよりよく》はついたが、先日の剣術練習では皆の笑い物になってしまった。

城下で名の知られた道場では、上士の子弟が我が物顔にふるまっているらしい。いろいろ評判を聞くうち、米子町の海乗寺道場が自分に適していると考え、訪れた。

海乗寺の道場は、寺内の墓地の一郭にあった。小さな玄関で教えを請うと、坊主頭で白い稽古着をきた小柄な老人が迎えてくれた。貧相で力も弱そうに見えるけど、師範だと名乗った。茂蔵は少々不安になり、えらい所に来たなと後悔した。それを見抜いたらしく、「何事も一見にしかずと言うだろう。上がって稽古を見さっしゃい」と、師範が誘った。

道場では五、六人が二人ずつ組を作り、投げる人と投げられて受身をする人とに分れて同じ動作を繰り返していた。

「乱取りやめー」と、師範が鋭い号令をかけた。

「入門志願の人が来たけん実技を披露せにゃいけん」と師範が三人を指名し、自分は中央で正座した。正面の者は木刀を握り、残りの二人は木の小太刀を持って師範と対峙した。

「さあ、かかってこいッ」

「おうッ」「えいッ」「やあッ」三人は掛声と同時に師範に襲いかかった。茂蔵はこんな危ない稽古を見せてくれんでもいいのにと当初は思っていた。ところが貧相な老師の素晴らしい技に圧倒された。木刀も小太刀も師範をかすりもせず、打ち込んだ三人は左右と後方へ投げ飛ばされた。世間は広い。城下町の片隅にこんな達人が居たとは驚きだった。

茂蔵は即入門を願い出て許された。

海乗寺道場の師範は、寺の住職でもある。折にふれて語る言葉に含蓄があり、稽古は楽しくなった。例えば「争いは避けよ護身の術に徹せよ」、「来たらば即迎え、去らば即送れ」、「敵が息吹き出せば引き、敵が息引かば我息を吹く」この辺になるとすぐには理解できない。呼吸の鍛錬が大切だというのは判るけど。木刀の素振り百回などは自宅でも実行できるので毎晩続けた。

茂蔵の御番方勤務も、海乗寺道場入門によって前向きに続けることができた。

岡本瑞庵宅にも出入して薬草を薬研《やげん》で粉々にする作業を手伝うことで、医薬品の知識を身につけた。それから先生主催の囲碁会に参加して、商家の旦那と知り合うと同時に囲碁の楽しみも覚えた。

御番方勤めも板に付いた頃突然お種人参係を命ぜられた。

享和三年（一八〇三）、茂蔵が二十歳になった時だった。お種人参栽培に関しては約四年の空白があり、藩の事情については何も知らなかった。

——お上のお仕置きはいつでも勝手なもんじゃのう。

そんな茂蔵の気持ちを知ってか知らずか、藩は銀五十匁を奨励金として下付した。

岡本瑞庵は茂蔵の復帰をとても喜んでくれ、「一番喜んでるのは新蔵さんじゃろう」と言った。

しかし手作り畑を巡回してみると、どこも管理ができてなかった。四年も経ったのに、父と二人で汗を流した頃より退化している。手作り畑がこんな具合なら、百姓畑はもっと期待できないなと茂蔵は思った。そこで父に次いで古くからのお種人参栽培農家として有名な伊原甚右衛門を訪ねた。

「あの小山新蔵さんの息子かね、お前さんは……お気の毒なことだったね。それにしても親子二代で勤めなーかね、ご苦労なことだのう」と、甚右衛門はねぎらってくれた。

「ところで新規にやってみようという百姓は居りませんかね、東津田村で？」

「まず居らんじゃろ。手本にならないけん儂がこのざまだけんな、従いて来る者なんか出てこんわね。お種人参は一度作った畑では、どげんしても次が育たんけんね。そげかと言って次々と新しい畑を用意できんけんね」

伊原甚右衛門の言っていることは、お種人参は、「いやしり」と言って父新蔵も悩んでいた。連作障害だった。

「何ぞいい方法か、薬があーませんかね」

「それを見付けるのがお前さんの仕事でねえかや？　儂はもう年だけん、若けえ者にがんばってもらうしかないわね」と、甚右衛門は突き放すように言った。その言葉を聞くと新蔵は堪《こた》えた。父がそうだった様に、お種人参に真面目に取り組んだ者の悲痛な叫びなのだ。その答えを見つけるのは容易ではない。父と甚右衛門にできなかったことが儂にできるだろうか。茂蔵が何か手掛かりがあるのではと訪れた東津田村だったが、逆に宿題をもらって帰る結果になった。

小山新蔵と茂蔵が親子二代に渡り、お種人参栽培に苦闘している間に、松江藩の御勝手向きは着実に改善されていた。

寛政八年（一七九六）、藩主松平治郷が、御立派の改革の精神が崩れだしたから、自分が先頭に立って巻き直すと決意した、いわゆる「直捌《じきさばき》」が大きな転機になった。治郷の親政の手足となって政策を進めたのは、朝日丹波郷保の息子朝日丹波恒重だった。

「米石高にたよらぬ収益」は、「御蔵金」という特別会計に積み立てられ、御勝手向きは大幅に改善された。

部門別に見ると、旧来の米石高に関係する「登米方」「廻米方」「二の丸蔵」がある。それに対して、殖産部門では、「木実方」「木苗方」「鉄方」「釜甑方」「紙方」が存在感を増していた。残念なことに、「人参方」は、「木苗方」から独立できない。小山新蔵が江戸からお種人参の苗と種子を持ち帰って三十年が経過しているのに。藩は成果のあがらぬお種人参を手作り畑（直営）でよくぞ続けてきたとも言える。それには小山新蔵の献身的な努力があった。しかし好意的に見る人ばかりではない。三十年もかけても収益があがらぬものは、この先も期待できないから即中止すべきだと、こんな意見が次第に強くなってきた。茂蔵の属する「木苗方」の幹部の中には公然と口にする人もいた。父新蔵の時には遠慮があったが、実績のない若い茂蔵には容赦ない。

茂蔵が手作り畑の現状を報告しても、上司は、投げやりな態度で真剣に聞こうともしない。報告に対する指示は、いつまでも出てこない。こんな状態が続くようになった。このままでは。お種人参を建て直す機会を失ってしまうような気がした。

痺れをきらした茂蔵が、「お種人参は生きものですけん、今新しい畑を作らにゃ種蒔きもできんやになーますよ」と抗議した。すると「お前さんも親父さんとよう似ちょるな。お種人参がどれほどのもんかいな。あばかん程無駄な銭を使ってからに」と上司は横柄な口をきいた。

――よもとうさんの悪口を言うたな。このまま儂は引きさがらんぞ。

茂蔵は　腸《はらわた》が煮えくり返った。このままでは、お種人参は中止から廃止になってしまう。もはや手遅れということだ。茂蔵は役所を飛び出した。

木苗方の役所から、何処を通って辿り着いたのだろう……気が付くと、新蔵の墓だった。

――とうさんが生きてたらこげな仕打ちは受けんだろうな。やはり儂の実力が無いだけん、あげな悪態をつかれてしまった。

茂蔵はおのれの無力を悟り忸怩たる思いだ。これからどうしたらいいのだろう。願い出て御番方に戻してもらおうかな、でもそれでは負け犬でしかない。墓石を見つめていると、父が雪の花仙山で斃れた姿を思い出した。不可解な父の微笑みと伸びきった両腕は、後をたのむぞと言ってるのかなと、今になって思う。父のためにも何とかしたい……茂蔵が思い詰めていると頭がおかしくなった。新蔵の魂が憑依したのかも知れない。

物狂おしく半ば夢遊病者の如く墓地を出ると、足は奥谷町から北堀町へ、そして普門院の裏から米子川の川岸伝いに、海乗寺へ来てしまった。無意識のうち道場へ心の安らぎを求めていたのだ。

「茂蔵ッ、煩悩のとりこになった顔だのう。何があったかや。とにかく汗を流せ」と、師範は稽古を勧めた。そして自ら相手になってくれた。茂蔵が攻めると師範が斜め後方投げで、左や右に投げ飛ばし、茂蔵の躰は空中で一回転して床に落ちる。何度も繰り返すうちに頭がすーっと軽くなった。稽古を終えて一礼すると、師範は茂蔵を道場の納戸に誘った。

「ここなら話を聞かれる心配はないけん悩みを話してみいだわ」と師範が言った。

――そげだ、この人なら何か力になってくれるかも知れん。

茂蔵は稽古ですっきりした頭で、今日のいきさつを話すと、師範はそげかや、腹が立ったのぅと真剣に聞いてくれた。

「お前の父上は江戸で修業されたかや?」

「いんやですけん（そうではありません）」

「なしてかね？」

「お種人参の本家は江戸ではあーません。日光ですけん。日光は神領で他国者はご禁制のためだめです」

「そげか、何でも基本が大事、我流では悪い癖がつくと限界があーけんな。儂は京で修業した。仏の修業より武術の方が面白くて横道へそれてしまったがね」

師範の何気ない話に茂蔵は感銘を受けた。

――本場、日光で修業だ！　そげな手があったかや。日光は幕府の直営だけん、とっても修業はできんと諦めたら何もできん。何ぞ方法があるやも知れん。師範が言うてなはった融通無碍《ゆうずうむげ》だ、岡本瑞庵先生に相談しよう。

海乗寺を出ると、急ぎ足で瑞庵邸へと向った。街は夜の帳がおりて人通りも途絶えていた。邸に着くと、はや時刻は暮六ッ半（午後七時）、各屋敷の門限を過ぎていた。日光でのぼせ上がっていたけど、門口に立つと少し冷静さをとり戻した。「もうこげに遅い時間だけんな」とためらった。その時不意に人声がした。振りむくと、「瑞庵先生の所はここですかいのー」と弱々しい声がした。遠慮がちに訊ねた娘は衰弱した老女を支え、その老女は苦しげなうめき声を出した。

「そげです。すぐよびますけんね」と答えて扉を叩き、「先生ッ、急病人ですけんあけてごしない」と叫んだ。

玄関に明かりが点り、女中が現れた。茂蔵の顔を見て、「やーだ、茂蔵さんの身内の方かね」とはしゃいだ声で喋った。

「いんやだが、そげなことより急病人だけん入れてごしない」

茂蔵は病人を支えて、勝手知った診察室へ入った。やがて先生が現れ、茂蔵を見て驚いた様子だったが、あれこれ詮索もせず、患者をてきぱきと処置した。患者は食中《あた》りだった。下剤を飲ませ、胃の中の物を全て出すことになった。

「茂蔵いいところに来てくれたのう。これから上からも下からも出てくるけん、付き添って処理してごさんか」

「わかりました」

茂蔵は大小二つの桶を渡され、患者の嘔吐と排便に付き合わされた。もっとも付きそう娘が恐縮して、下の方は引き受けてくれたが。

半刻（一時間）程で納まり、患者は眠った。娘が付き添って世話することになり、茂蔵は先生の居間に行った。

「茂蔵ごくろうさんだったな。でもなして滝川の婆さんを知っちょうかや?」

「知っちょうもなんも、儂が相談したいことがあって門口であの二人とかち合うたがです」

「そげかね。お前が滝川に出入りする筈はないけん妙な気がしちょったがね」

滝川とは、城下町でも屈指の豪商で、今晩の患者は、滝川の番頭の妻と娘だった。

「ところで相談とやらはどげなことかね」

「今日、木苗方でお種人参栽培は中止すると言われました。突然のことで頭に来ましたけん先輩の方と口論をしてしまいましたが」

「中止だなんて儂は何も聞いちょらんぞ」

先生も驚いたようだ。

「そげですか。でも今日の話では、近々すべての事業見直しが始まるので、木苗方の方針では中止、いずれは廃止になるとはっきり言われました。係りの儂にひと言の相談もなかったですけん腹が立つやら、このままでは死んだ父に顔向けできません。ほんに情無《の》うて……」

茂蔵は感傷的になり涙声になった。

「儂とてお種人参の成果が上がらんのは案じている。先代の朝日丹波の殿様からの命令を受けてから新蔵と二人で苦労した事業だけんな。三十年余り経過しても成功せん現状だけん、文句言われてもしかたがない。でも中止は納得できんな。これまでの苦労が水の泡じゃけん」

「そこで儂は決心したことがあーます」

「何かね……急に怖い顔をして……」

「下野《しもつけ》日光へ働きに行かせてごしない。日光は天領で人参畑は幕府の手作り畑、全国で唯一成功してると聞いちょーます。儂にできることは、もう日光で学んで帰ることしかあーしません。他国者は受け入れんと父が言ってたけん、藩籍を抜けて出稼ぎ人としてなら入国できると思います。先生のお力で行かせてごしない。お願いします」

「えらい事考えたもんだのう」

全く予想もしなかった茂蔵の提案に瑞庵は度肝を抜かれた。幼ない頃からよく知り尽くしてると思っていた茂蔵だ。こんな大胆な発想をするなんて……隠れた一面があったのか。それとも不慮の死を遂げた新蔵が憑依したのかと考えるとぞーッとした。「それは無理だぞ」と軽々しく言うのを憚る迫力で、茂蔵は回答を迫ってきた。瑞庵は天井を睨み唸った。

「茂蔵ッ、お前の熱意はようわかったけんな。しかし問題が大きくて儂の一存では決めれんけんな。ご家老様とよう相談させてごせ。お前はどんな苦労も厭わん積りでも、残されたあきのはどげすーだかね。それにいきなり日光へ行って、ハイ雇ってごしないと頼んでもうまくはいかん。これまで松江藩は、日光のお寺や神社の普請を請負うた実績があるけんな。だけん縁が無い訳じゃない。そんな伝手をたよるのもひとつの方法だけんな。それにしても日光へ飛び込むなんて、誰も考えたこともない案だけんな。まさに盲点だが……うん、やり方次第では成功するかも知れんぞ。じっくり案を練ってご家老に相談してみぃかの」

「そげして下さい」

「わかった。話は変るだども、滝川の女子衆がお前をえらいほめちょったぞ。立派なお弟子さんだと言うちょったけんな。茂蔵ッ日光まで行って苦労するより、儂の弟子になった方がいいだねえかや、早くも評判がいいだけん考えてみらんかね」

「先生ッ、だらず（ばかなこと）言わんでごさっしゃい」

二人は顔を見合わせ高笑いした。

## 十一

茂蔵は気まずい思いをした木苗方へ出勤すると、先輩方に詫びを入れた。それからは毎日何もなかった如く、手作り畑で働いた。

非番の日になると、海乗寺道場で稽古にはげんだ。

花仙山から持ち帰ったお種人参は、裏庭ですくすくと育ち、あきのと茂蔵の眼をなごませてくれた。それは新蔵の生きたあかしのように思われ、未だ見ぬ日光の光景を茂蔵は想像する一方で、母には内緒にしている後ろめたさがあった。瑞庵からの吉報を待ち望んでいるが、そうなったら母をどう説得したらいいか悩ましい。

岡本瑞庵は、茂蔵の決意と藩のお種人参の将来をどう整合させるか考えた。そして茂蔵の日光行きが藩にとってどうしても必要であり、その方法も考えた上で建白書を書き上げ、朝日丹波恒重に提出した。

それから数日後、瑞庵は朝日丹波恒重から私邸へ招かれた。定められた時刻に訪ねると、すぐ書斎へ通された。

瑞庵は先代の郷保の知遇を受けて、茂蔵の父新蔵と手作り畑を始めたから、当時はよくこの屋敷を訪れた。その頃は恒重は前髪姿で千助と名乗っていた。悪戯が過ぎて怪我をして治療したこともあった。歳月が過ぎ、かつての千助も今では藩の御勝手向きを預る家老職、旧知の仲でも甘えてはならぬと瑞庵は節度を保とうと思った。

「この度はご家老を煩わせて申し訳ございません。しかるに早速……」

「先生ッ、堅苦しい挨拶はいりません」と恒重は笑顔で瑞庵を昔と変らぬ態度で迎えた。

「恐縮です」

「先生の建白書を拝見しました。かねて父からも先生と人参係りが精魂込めて栽培を続けてきたと聞いております。にも拘わらず三十年過ぎても成果が上がらぬのは何故なのか、先生の言われる通り我流でしか作れなかったからでしょう。その証拠に諸藩は皆中止ないし廃止してますけん。その一方で日光では盛況だと聞き及んじようます。できることならその知識を伝授して欲しいが、幕府の定法があーますけんね。昔ほど厳しくはない様ですが、公に願い出る訳にはいきますまい。従って穏便に目立たぬ様細心の配慮が必要でそんな人物でないとうまくいきますまい」

「その点では茂蔵はうってつけです。それから万が一という場合に備えて、茂蔵の身分は私の内弟子で本草学に嵩じて人参を学びたい男、若しくは内弟子だが変り者で諸国遊歴を好む男とか……」

「あのう、その点については江戸屋敷の側用人横田新兵衛がなかなかの智恵者ですけん工夫させましょう。先生方のこれまでの尽力が無駄にならぬ様取り計りたいと思っちょーます」

恒重は次第に打ち解けてきた。

「ありがたきお言葉、さぞ茂蔵も喜ぶことでしょう」

「その茂蔵とやら若いのになかなかの人物ですな。父の残した仕事を遠国まで行って学んで帰り成功させたい熱意には驚いちょーます。立場の違いがあーますけど、私も父郷保がやりかけた改革を引き継ぎましたけん、ようわかります」

「恐れながら立派にお勤めを果たしておられると、いつも感心しちょーます」

「藩の御勝手向きもやっと軌道に乗ってきましたけん、更に気を引きしめないけんなと思っちょーところですが。本件は江戸へ連絡して、日光へ道筋がつけば実行するという段取りで如何でしょうな。極々少数の者だけで進めたいと思いますけん先生もその積りで……」

「承知しました」

瑞庵は家老の決断に感謝した。後は江戸からの吉報を待つばかりだ。内密に進めたいという家老の気持ちはよく判る。茂蔵の身の安全のためにも必要だと思う。

――あきのには悪いけど、茂蔵の日光行きは話す訳にはいかんな。昔の新蔵の様に、江戸藩邸に勤めるということにするかな。

一方江戸で朝日丹波恒重の密命を受けた横田新兵衛は、最近の神領日光の情報を集めた。判った事は、人参の商品、種子、苗の移動については厳しいけど、人に関してはそれ程でもないらしい。盲点だった。さてどんな伝手を頼って茂蔵を受け入れてもらうかと考えると、実教院の和尚に頼むしかない。

安永六年（一七七七）、藩主松平治郷が日光廟参拝をしたときの宿は、実教院だった。

その二年後の安永八年（一七七九）、松江藩は、日光諸社堂の改修工事を請負った。この時も工事関係者は実教院に泊った。

日光の名刹輪王寺の塔頭実教院と松江藩の縁は深く、横田新兵衛は実教院の和尚と面識があった。温厚篤実な人柄で信頼できる人物だ。それだけに和尚に迷惑をかけることはできないと思った。あれこれ考えた結果、率直に茂蔵を派遣する目的を打ち明け、茂蔵を実際に面接して受け入れるか否かは貴殿の判断に委ねると書き送った。飛脚便に託した後もこれでよかったのかなと迷いが残った。そして未だ見たこともない茂蔵と言う若者が使命を果せるか否かは、彼の持つ運次第だと考えると気が楽になった。そして早く会ってみたいと思った。実教院の和尚から好意的な回答が寄せられたので、早速松江に返信した。

朝日丹波恒重と岡本瑞庵は、江戸藩邸の横田新兵衛からの便りを待ち侘びていた。

瑞庵は返事がどうあろうと準備だけはしておかねばならぬと思い茂蔵に医術の勉強をさせた。俄仕込みだけれどやむをえない。茂蔵は熱心に学んだ。

「いいかや茂蔵ッ、これは便宜上医者を名乗るのだけど化けの皮がはがれんための窮策だけんな。構えて自分から医者でござるなんて言うたらいけんぞ」と、瑞庵はいましめた。

「はい、よう心得ちょーますけん、安心してごしない。それより江戸からいい返事がくるかそれが心配ですけんね」

「ご家老の話だと側用人の横田新兵衛殿は、なかなか智恵者だそうだ。きっといい方法を考えるだろうと申しておられた」

「そげでしたか」

「とにかく吉報が届くのを信じて、我々は準備を怠りなくしとかないけんぞ」

「そげですね、だんだんだんだん」

それから数日後、岡本瑞庵は朝日丹波恒重に呼び出されお屋敷に行った。

恒重は笑顔で「江戸から回答が来ました」と告げた。ご家老の笑顔からすると吉報だなと瑞庵は思った。

「横田新兵衛は、日光の実教院の和尚に相談し、茂蔵の受け入れを一応認めさせた由、だが和尚が面接の上、人物を確めた上でしかるべき農家に世話したい、従って断られることも覚悟して欲しいと言うちょーますな」

「そげでしたか。茂蔵次第と言うことになーましたね。こりゃ大変ですがね」

「先生の薫陶を受けた男ですけん、うまく行くでしょう」

「ありがたいお言葉です。彼が望んだ企てですけん、ここまでお膳立てしていただけましたから、後は彼の努力と運次第ですけん、きっとやり遂げると信じてやりましょう」

「先生のおっしゃるとおりです。留守家族は母ひとりですかな。彼が帰藩する迄今のままの処遇を続けるから茂蔵に心配しない様伝えて下さい」

「ご配慮ありがたく、茂蔵に代わってお礼申し上げます」

瑞庵が朝日丹波恒重の屋敷を辞してから先ず茂蔵にしらせてやろうと思った。自宅とは逆の方向になるが一刻も早く茂蔵の喜ぶ顔が見たかった。殿町の家老屋敷を抜けて大手前から堀川沿いに進み、月照寺橋を渡り山手へ向うと、足軽屋敷がある。

「いつ来ても小山家は門から玄関まで、狭いけどいつも清掃が行き届いて気持ちがいいな」

――茂蔵の几帳面な性格は親ゆずりだな。他国へ行っても嫌われることはないだろう。

と、瑞庵は思った。

訪いを入れると、幸いあきのも茂蔵も在宅だった。あきのの前では日光は禁句だ。

「今ご家老から江戸藩邸勤めを承ったぞ」と、瑞庵が目くばせをしながら告げると、茂蔵が喜色満面になった。

「そげですか、もしやとは思っちょーましたので、母にはまだ話しちょーません」と、茂蔵は声をはずませた。

「そげかね。突然の事でびっくりしなはるでしょうが、茂蔵の江戸勤めが決まりましたけんね、名誉なことに……」

あきのは驚いて茂蔵と瑞庵の顔を見つめた。しかし、二人共喜び会っているので、なんだかめでたい気持になってしまった。

「新蔵さんに続いて茂蔵も選ばれたけんたいしたもんだ。あきのさんも鼻が高いがね」と瑞庵も芝居がかった演技だ。その甲斐あって、あきのは江戸行きをあっさりと受け入れた。しかしひとり息子が旅に出るのが心配でたまらない。知人で伊勢講を利用し伊勢参りを果した人から「旅の心得の事」という情報の写しを貰ってきた。それによると、

一、途中より道づれを同道の体にて泊り給うべからざる事。

一、良薬なりとも人に与ふべからず、人より貰ひし薬も用ゆべからず。

一、近道けっして通るべからず。

一、女を道連れにいたすべからず。

一、大酒、遊女ぐるひ喧嘩口論、国所じまん咄し、諸勝負無用の事。

一、宿役人、宿帳、名前いつわりを申さず、国所をよく記して申す事。

一、平人として御武家寺院のえふ、帳面等、所持致し間敷事。

一、旅籠につきては第一に火の用心、戸閉り、湯に入る時金銀人に預け申す間敷く、また座敷の方角心得て申す可事。

一、脇差荷物は主人に相預け申す可事。

茂蔵はこれを読み、どれももっともな事だと思った。あきのはそれだけでは足りず、旅に出たら毎日繰り返し読んで守らねばならんと口煩《くちうるさ》く言った。それから旅支度として、手甲脚半、草鞋、笠、合羽に両掛け（道中用の小さな行李）、着替えをそろえてくれた。

瑞庵は薬箱に、風邪、頭痛、腹痛、火傷切傷などの薬を詰めて渡してくれた。

「この薬箱はお前のお守袋みたいなもんだけんな」と瑞庵が言った。

瑞庵、内田長助と母あきのに見送られて、茂蔵は元気よく出発した。

あきのが心配した旅だったが、それは杞憂になりそうで、万事順調だった。

当時、全国的に庶民の旅が盛んになり、四国巡礼、信州の善光寺参拝、伊勢参りに代表されるように、各講での寺社参りが盛んだった。かつては考えられなかった女人の旅、子連れの旅、一人旅も安全にできる環境になっていた。あきのが貰った「旅の心得の事」は、大坂商人が、全国的に安全に泊れる宿を照会する浪花講が定期的に発行したものだった。

かつて街道に設けられた関所は旅人の悩みの種だった。「関所破り」は天下の大法を犯すと言われ、おどろおどろしい感じがした。中仙道の木曽福島の関、東海道の箱根の関と新居の関は天下の三関と言われ調べが厳しかった。

今は時代が変り関所回避も常識となった。関所ぬけを請負う宿があって、そこに泊ると早朝に脇道を通り関所を避けて細道を通り、先の本道に出る。こんな便宜をはかってくれる手段があることは、広く旅人に知れ渡っていた。利用するのは主として女人の旅行者だ。そもそも女人に対する煩わしい詮議に困惑したから生まれた便法で、旅行者が増えるにつれ一般的になった。社会が成熟して公儀も見て見ぬふりをしているのかも知れない。

茂蔵の初道中は順調に進んだ。陽焼けして一段とたくましくなった茂蔵が、江戸赤坂の松江藩邸に辿り着いたのは、文化元年（一八〇四）三月八日の昼下がりだった。

## 十二

茂蔵は門前で屋敷全体を眺めて、しばし感慨にふけった。

――とうさんが若い頃過したお屋敷だがね。儂も来ることができたけんね。こんな日が来るとは二人共夢にも思わなかったけんな。

父新蔵は十六歳の時に玉造温泉の御茶屋から江戸へ来たと言う。今、儂は二十一歳で江戸の土を踏むことができた。身分の低い足軽なのに奇妙なめぐり合わせだなと茂蔵は思った。邸をめぐらす白黒のうろこ塀を一巡してから玄関に向った。

門番に来意を告げると、横田新兵衛が現れた。茂蔵は岡本瑞庵から託された手紙を差し出して挨拶を始めると、「まあいいから早く上がれ。長旅で疲れただろう」と、ねぎらってくれた。

茂蔵は裏へ回って足を洗い、衣類の埃をはらって新兵衛の待つ部屋へ入った。部屋で改めて挨拶をすると、新兵衛が手を叩き合図を送った。すると茶坊主がお盆で茶菓を運んできた。茂蔵はこんな光景を以前見たような不思議な感覚にとらわれた。かつて父はこの屋敷で、お茶坊主として働き、その後転じてお種人参係になったと言う。それを聞き覚えていたのが甦ったのだろう。

横田新兵衛は茂蔵の顔をまじまじと見つめながら話しはじめた。

「ご家老と藩医殿から、貴公の事はよくうけたまわっている。今回の役目にふさわしい男だと聞くと、何故若い藩士がと、疑問に思っていた。今対面して少し判る気がする。しかしこれからは多難だぞ。言葉も人情も異なる他国で使命を果さねばならん。先ず実教院の和尚の眼鏡に適わねばならん。そして次に人参世話役に受け入れてもらい百姓として働くことになるまで大変な試練の連続じゃ。もしもだがな、拙者が貴公の親だったら日光へは行かさんじゃろう」

「御言葉を返す様ですが、儂の父はお種人参に力尽きて死んだ様なもんですけん、きっと喜んじょうと思います」

「そうかなるほどなァ、父親の弔合戦と言う訳か。それなら是非やりとげて欲しいな。それでは、日光の諸々の事情を説明したいけど、旅の疲れはどうかな?」

「何ともあーませんけん、続けてごしない」

「よし、では早く片付けよう」

横田新兵衛が手元に書面を置いて語りはじめた。長い話を要約すると次の通りだ。

お種人参の栽培は、松江藩より十余年早く日光ではじまった。その成功により老中田沼意次は人参座を開設し、売買を特権商人に委せた。彼が失脚すると、後任の松平定信は人参座を廃止し、人参畑を御用作りから百姓の勝手作りに切り替えた。すると品質は劣化し、価格も不安定になり失敗してしまった。この反省から今は御用作りを復活し、「御定法」を定め厳しい管理の下で栽培を行っていると言う。

「そんな状態だから有力な世話人の庇護が必要だ。その前に実教院の和尚の眼鏡に適わねばならん。彼は松江藩に好意を持っておられるし、世話人の紹介にも骨を折って下さるのだろう。それはお主の人物評価次第だ。拙者の見立てでは、実直そうだからきっと和尚に気に入ってもらえるだろう。心配なのは優男なことよ、野州の女は男まさりだから、おらの好みだと言い寄られて問題を起こしやせんかなと言うことだ。少し羨しいがの、ハッハッハ」と捌けたことを言った。偉い役職なのに、人情味のある方だなと嬉しくなった。

茂蔵はかつて父と交流があった茶坊主の善覚と料理長の常吉の消息を訊くと、既に辞めており会えなかった。また、父の住居跡は馬が飼育されて、父を偲ぶよすがはなかった。江戸の町に興味は持てず、今は一日でも早く日光へ旅立ちたいと願った。

横田新兵衛が実教院の和尚宛の手紙と寄進の金子を渡してくれ出発を許可した。初旅を気づかって「日光街道細見」という冊子をくれた。三月二十二日、横田新兵衛の激励を受けて茂蔵は日光へ旅立った。

横田新兵衛から貰った「日光街道細見」を参照しながら日本橋から出発した。この地点から宇都宮までは、日光街道と奥州街道とは同一で、宇都宮から分かれる。街道の賑わいは東海道と遜色なく、人馬の往来は激しく、街道は整備されていた。

初日は粕壁宿（今日の春日部）で泊った。ここは本陣、脇本陣や多数の旅籠と問屋が軒をつらねていた。

二十三日は幸手宿まで足を伸ばした。旅籠には飯盛女が世話を焼く飯盛宿と平宿があって女がしきりに旅人を呼び込んでいた。茂蔵は松江を発つ時、母から口やかましく忠告されていたから女を振り切り平宿を利用した。二十四日には、大河利根川を渡り下野国に入り小金井宿に泊った。

二十五日、奥州街道との分岐点宇都宮宿に着いた。宇都宮は、天領日光の守護と奥羽地方に対する警備の要衝で大きな城下町だ。ここから単独の日光街道がはじまる。街道の樹は美しい杉並木だ。

（この杉並木は、徳川家康の三十三回忌の時、川越城主松平政綱が紀州熊野から、杉の苗木二十数万本を取り寄せて、植樹したのが立派に育った）

茂蔵は今市宿で宿をとった。

二十六日、日光は指呼の間になり、歩きながら周りの景色を眺める余裕がでた。春が遠かった山国に、今や花がいっせいに咲き、桜、桃、つつじ、れんぎょう等が咲き乱れ、茂蔵の旅を一層楽しませてくれた。やがて門前町の日光鉢石宿に辿り着いた。日光二社一寺、東照宮、二荒山神社、輪王寺がある神仏の聖地だ。清明な山の冷気を胸いっぱいに吸い込むと、茂蔵の眼から涙があふれ落ちた。

——父の果たせなかった夢を、遠い雲州松江から今、自分は実現できたのだ。

人の流れは土産物や名物料理の店に入ったり出たりしながら自然に朱塗りの神橋へと向う。茂蔵もその流れにそって、巨大な輪王寺の敷地に入った。寺院の玄関口には警備の若い僧が立っていた。

「実教院というお寺はどこですかいの？」と、茂蔵が合掌しながら訊ねた。

「実教院なら、ほらあそこの建物だ」と、僧は指差した。実教院は輪王寺の本院のすぐ隣りに有った。探し回らねばならんと覚悟してたから、あまりにもあっけなかった。

近づくとお寺というより旅籠を思わせる建物だ。門をくぐると、柴戸があり、その向うには建物に似合わぬ大きな庭があり、庭木の伸び放題の枝には新芽がみずみずしい。枝が重なりあっているのは、長らく手入れができてなかったからだろう。

玄関で訪《おとな》いを入れると、十六、七の女中が出迎えた。

「和尚さんはご在宅ですかね松江藩の小山茂蔵と申しますが」と、茂蔵が挨拶すると、その娘は笑いをこらえるのに必死な様子だ。失礼な娘だと気を悪くした。

「あらお客さんでねーのげ？」と、物慣れた女中が顔を出した。この二人とは後に仲良くなるのだが、茂蔵の訛《なまり》がおかしかったそうだ、でも茂蔵からすると、二人の訛の方がよっぽどひどいと思う。この訛のお蔭で親しくなれたから捨てたもんじゃない。

「わりきっと（悪いけど）今日は混んでんだんべ」と、二人に宿泊を断られてしまった。

「困ったがね、和尚さんは知っちょられるけん訊いてごしない」と茂蔵がたのんだ。

「和尚さんは居ねーよ」と、つれない返事がかえってきた。聞けば檀家の法要で帰宅は遅いと言う。実は手紙のやりとりで和尚さんからは許可をもらっていると説明してやっと判ってもらえた。

若い娘はおきく、年増の女中はおたけと名乗った。若者同志うちとけるのは早く、「忘れてるのかもしんねーな、ちんまい部屋でかまねーかね狭いけど……」とおたけが言った。

「だんだんだん、狭くても何でもかまわんですけん」とたのんで上げてもらった。案内されたのは、什器などが置かれた納戸だった。隣は厨房で、人の声や調理の声がまる聞えだ。

「せーふろ（風呂）の薪がこしやって（作る）ねーよ」

「おがしいな」

「何処さ探してもねえし、どうすんだや」

「こっちも手たんねーし困っちったな」

どうやら二人の女中が困っているなと茂蔵は厨房を覗くと、二人は驚いて怪訝な顔をした。

「話声が聞えましたがね。儂に手伝わしてごしない」

「そーけ、でもお客さんに手伝わしちゃなんねーしな」とおたけは思案顔だ。

「儂は客じゃないけん、やらしてごしない」

「よーぐわかんねーけど、人手が足りねえから薪をこしやってくんなんしょ」とおたけが言った。

おきくがにこにこと、風呂の炊き口へ案内し、丸太と斧を教えてくれた。早速茂蔵は薪を作って、風呂を沸かした。勢いよく燃える炎を見つめていると、今頃母はひとり風呂を沸かしているのだろうかなと、久し振りに母のことを思った。

半刻近く経つと、厨房は一段落したらしく、おたけとおきくが代わる代わる覗いては雑談した。客じゃないと言う茂蔵に興味津々らしい。部屋に戻り休息していると、和尚夫妻が帰って来たと、おたけが呼びにきた。

茂蔵が横田新兵衛から預ってきた金子と添え状を渡し挨拶をした。

和尚は笑顔を絶やさぬ温厚な人柄のようだ。

側に控える彼の妻は、おたけから「大黒さん、この人から助けてもらわんと、えれーことでした」と、風呂の一件を報告されると、「まあたまげたね、何とおっきぎ（お礼）していいやら……」と深々と頭を下げた。

和尚も感謝してくれるし、最初から茂蔵は実教院の人々に受け入れてもらえた。

「横田新兵衛殿からは度々茂蔵さんのことは聞いてました。もっと年配の人が来やんすかと思ってたよ。お前さんから聞こうと思ったことは、医者のたまごがなんでかんで（どうして）百姓仕事をやりてー男なんて滅多にいるもんではねーからね。辛いからもうやめっぺと投げ出されたら紹介した世話人の面子がこでらんねー（たまったもんじゃない）べ」

「そげですね。和尚さんに信用してもらえるまでがんばりますけん、何でもつかってごしない」

「そーけ、長い道中でびびまったべ（疲れたでしょう）ゆっくりしてかまねんだよ」

横で二人のやりとりを聞いていた大黒が優しく言った。

「うちは男手がねーがんな（ないから）おーだすかりよ。ほんだからずーっと居てくれてもかまねんだよ」

茂蔵の実教院でのすべり出しは順調だ。

和尚と大黒が相談して、庭の手入れを指示した。広い庭に、松、梅、桜、もみじなどが枝を伸ばし重なり合って見通しが悪い。梯子を使って一本一本剪定した。傾斜した広い庭が日に日に風通しが良くなり木漏れ日が地面に美しい模様を描く美しい庭に蘇えった。遠くのなだらかな山並みが借景となって甦った。

ある日、実教院定例の囲碁の集いが開かれた。

参加したのは、檀家の裕福な商家や大百姓の旦那衆ばかり、もちろん囲碁の愛好家だ。

裏庭に面した大広間が会場に当てられた。縁側に立ってふと外を眺めた旦那が素っ頓狂な声をあげた。

「あれッたまげたな、いつからこーだに（こんなに）きれいな庭になったの？」

その声で皆が縁側へ集まり、驚いた。

「和尚さんどこの庭師がこさ切り枝切りしたんだ？」

「驚きやんしたかな。おらげの庭師だ」

和尚は嬉しそうに茂蔵を呼び出して、皆に紹介した。

「まっさが（まさか）このせな（兄さん）がなあ、庭師にはみえねーんだ」

「おらげ（我家）の庭木もこさきってくれっけ」と言い出す旦那もあってにぎやかになった。

囲碁の対局は一刻半（三時間）続けられ、終ると酒宴になり一層にぎやかになった。対局の批評も酒のせいで遠慮がなくなった。

福田庄兵衛という裕福な商家の旦那が機嫌をそこねて、対局相手に絡みついた。すると相手が大声で言った。

「もう庄兵衛さんとはやんねーぞ。後味が悪いだんべ」

それに続いて、「そーだな。とーとー（いつでも）負けるとごせっぱらやげる（立腹する）だんべ」

「もう庄兵衛さんの相手は居ねーべ」と、賛同する声が続いた。

この福田庄兵衛は普段は好々爺だが、囲碁が大好きなのに下手で負けず嫌いだ。かつてはお種人参の栽培をして成功したが、今は商売に転じて商いは順調だそうだ。

莨《たばこ》盆を配っている茂蔵に、「茂蔵さんや、あんた囲碁はどうだんべ？」と、和尚が訊ねた。

「黒石を並べる程度ならできますけん」

「そうかい、いい事を聞いたな。次から庄兵衛さんの相手をしてくれっけ」

「はあ……」

「さっそく話かけてみっぺ」

和尚は庄兵衛に近づくと耳うちした。

「和尚さんとこのせなか？　いぐらか打てるのか」と、あまり乗り気じゃない。

「そりゃ庄兵衛さんに較べたらあがん坊みたいなもんだ。ひとつ教えてやってくんなんしょ」

「そうだね、次はせなとやってみっぺ」

どうやら和尚の作戦が当ったらしい。

「そん雑用はやめっぺ、女に委したらいがんべよ（いいでしょッ）、時間がねーがんな」

福田庄兵衛は碁盤の前に座るや茂蔵を呼んだ。庄兵衛が対局相手に茂蔵を選んでから、庄兵衛の絡む揉め事は無くなった。二人の実力は殆ど差がない。勝ちたい庄兵衛は待ったをかけたりわがままだ。一局終ると得意の講釈がはじまる。それに対して茂蔵はいつも謙虚だから庄兵衛は願ってもない相手を見つけた。こんな二人を見て和尚は妙案が浮んだ。

――茂蔵の世話を庄兵衛に頼んでみっぺ。ぼっとすっと（ひょっとすると）適任かもしんねーぞ。和尚は一局終えた庄兵衛に話しかけた。

「とーと（いつも）茂蔵が相手じゃ取りずらがんべ」

「何の何のかまねーよ。これからもこみっちり（しっかり）教えてやっからな、こーだに（こんなに）ちようろぐな（まともな）若者はいねーぞ」

「でー（へえー）庄兵衛さんに褒めてもらえるとはすごいなや。ほんじゃ（それでは）茂蔵にひとつ力になってもらえねーべか」

「茂蔵さんが何かかだまってる（困ってる）のけ？」

「そーでがんす。この事は内密にしてくんなんしょ」

「かまねーよ、約束はこみっちら（しっかり）守ってやっからね」

「庄兵衛さん奥の部屋で茂蔵の話を聞いてくんなんしょ」

「かまねーよ」

庄兵衛が快い返事をしたので、急ぎ茂蔵を厨房から奥座敷に呼んだ。

「茂蔵さん何だかしんねーけど、かだまってるのけ？」と、庄兵衛は心配してくれた。

茂蔵は和尚に促され、覚悟を決めた。他国で親身になって世話してくれる和尚と、悩みを聞こうという庄兵衛を信じるしかないと思い、松江藩士という身分以外は全て打ち明けた。

庄兵衛は深刻な表情で終始質問もせず聞いてくれた。話し終えると茂蔵は不安というより、心のもつれた糸がほどけたような安らぎを感じた。このお二人の力添えがなければ、どうもがいても夢はかなうまい。庄兵衛さんが断われば諦めて帰郷してもいいと思った。和尚はしびれが切れたのか咳払いをした。

「茂蔵さんよ、若いのにそごまでほんしこ（本気）になってやる気かね。紹介する責任はしだら（とても）重いな。でもやってみっぺ。いぐらか（少し）待ってくれっけ」

「はい。待っちょーますけんよろしく」

「茂蔵さんいがったな。庄兵衛さん、おらからもよーぐおねがいすっぺや」

茂蔵と和尚が揃って深々と頭を下げた。

数日後、福田庄兵衛は福田団番という世話人役をしている男を連れて来た。縁続きでお種人参を作っている大百姓だと言う。陽焼けした顔で鋭い目付きの頑固そうな親父だ。

「おめーさんか、おらげで住み込みで働きてーとゆってるのは？」

「はい、どうぞよろしくお願いしますけん」

「そーだな、わりきっと（悪いけど）優男にはむずかしくねーかな。おらげの仕事はこみっちら（山ほど）あっから必死こいて働いてもらわんと勤まらねーからな。作男がおん出っちまったから人手は欲しいけどね」

「それだったら是非お願いします」

「なんでかんで（どうして）作男になりてーのかわがんねーな、えれー仕事だぞ」

「団番さんッ、裏庭を見さっせ、茂蔵さん一人でおっ切って綺麗にしたんだよ」と、和尚は団番を裏庭に案内した。すると庄兵衛も「そだったな荒れてた庭だよ。感心すっとや」と、援護してくれた。

庭を眺めた後、「ほんじゃおらげで働いてみっかね」と団番が言った。

茂蔵が所野村の福田団番の作男になると決ると、大黒に女中のおたけとおきく、実教院の女達が驚き別れを惜んで、送別会を開いてくれた。

「茂蔵さん、ここがお前さんの家だと思っていつでも帰りなんしょ」と、大黒が優しく言った。おたけとおきくは涙ぐんで別れを惜しんだ。和尚は役目を果せて安堵した様だ。

## 十三

翌日、福田団番が馬二頭を曳いて、茂蔵を迎えに来た。団番は馬四頭を飼育し、二頭ずつ交代で今市宿に貸出して稼いでいるらしい。今日馬を交替させて所野村へこれから帰るのだと言う。

「おら一人で二頭を曳くと、びだまった（疲れる）なァ、おめーが一頭曳いてけれ」

「わあッ、馬は初めてですけんね」

「だいじだよ（大丈夫だよ）馬はめごいぞ」と団番は馬が可愛いくてしょうがない様子だ。

茂蔵が手綱を持つと、意外や馬は茂蔵に従順だ。

「たまげたなァ、初めてだなんて、ゆってたのに感心すっとや！」と団番が喜んだ。

所野村の団番の家まで一里弱、門前町の近郊だった。

「あれがおらげだ」と団番が指差す家は、田畑より少し小高い丘陵にあった。石垣をめぐらした大きな屋敷だ。茅葺きの大きな屋根の母屋とその横には納屋、少し離れた処には土蔵が見えた。

団番はまず納屋に向った。納屋の前の方は厩舎になっていた。連れて帰った二頭を入れると団番は給水と飼葉作りを茂蔵に教え早速実行させた。

――なるほど団番は人使いが荒いな。それと馬を大事にしてるから、その積りで世話せんといけんな。

「馬は宿場で稼いでくれるし、馬糞と尿はお種人参に一番いい肥料だ。ほんこし（本気）になって世話してけれ」と、団番が言った。次に厩舎の隣の小部屋の戸を開けて、「ここがおめーの部屋だ。荷物を降して休んでけれ」と言い残して団番は母屋に行った。

部屋の押入れに布団が積んである。行燈と火鉢が広い部屋に置かれている以外は何もない。ぽつねんと座っていると、松江の母の姿が瞼に浮んだ。さぞ心細いだろうなと思った。そんな感傷を破って団番が紙切れを持って入ってきた。

「おめーは医者のたまごだべ？　おんじゃ（それでは）文字は読めるべ。これがお上のとっきめ（取り決め）だよ早やーぐ声出して読んでみっか」と茂蔵に差し出して顔を見つめてる。それは日光奉行所から村の人参栽培世話人への通達だった。

「では読みますけん聞いてごしない」

一、先達仰せ渡され候の通り、御定法を堅く相守りいささかも不正の儀これなき様相勤め申すべき事。

一、御買上げ等間もなき故盗難防ぎ方怠りなく相守り申すべき事。

一、所持の人参並びに御立札など異変の儀これあらば早速相届け申すべき事。

一、取り入れ人参、実の儀他国へ遣り候儀は勿論野州中にてもこの度取り調べ候。御用作人数の外へ遣り候儀当分に間相成らず候。

「――と、書いてあーますね」

「すらんすらーん読めるな。たいしたもんじゃないの医者のたまごは……」と、団番が褒めてくれて、以後、茂蔵さんと呼んでくれた。

察するに医者のたまごだなんて、そんな者が作男にくる訳がないと疑っていたのだろう。

「ほんじゃ晩飯に行くべえ。そしておらげの家族と顔合せすっぺ」と、茂蔵を母屋に案内した。勝手口から入ると、土間の先に囲炉裏があり、その周りに家族が集まっていた。囲炉裏に大きな木の根っ子が燃え周りを明るくしている。

「さあ飯にすっぺ」と団番が言うと、皆は設けられた箱膳にいっせいに座った。それを待って団番は家族の紹介をはじめた。

まずは茂蔵から始まった。

「茂蔵さんは実教院の医者のたまごだ」

皆はいっせいに驚きの声をあげた。

「何だか知んねーけど遠国から来て、おらげの作男になりてーと言うから連れてきた。実教院で皆が褒めとった男だからまじげーねえ（間違いない）」

「これがおっかーのくらだ」

「とても作男には見えねーんだけどな、田舎料理をよばれとごれ（召し上がれ）」と、くらは愛想よく食事をすすめた。

「次は長男の団平。十歳になったとこだ」

団平はてれ隠しにぺろっと舌を出した。

「最後は娘のおさきで今年十六になった」

するとおさきが顔を赤らめて「おっとー娘の年なんかゆわねーでくれ」と、抗議した。

「何ゆってんだ。嫁ごに行かねばなんねー年こいていつまでも子供でしやねんだよ」と、団番が笑いながら言ったので、茂蔵も笑ってしまった。するとおさきはきつい視線を向けてきた。母親譲りの美貌だけど、かなり気の強そうな娘だ。

団番の紹介が終ったところで食事が始まった。箱膳には一汁三菜もあり、福田家が裕福だと思った。

翌朝、未明に起きて厩舎の馬の世話から茂蔵の生活が始まった。それが終ると水田で田植えの準備に参加した。畦を削り、土をこねて新しい畦を作り、水を引き入れ耕す一連の作業が始まった。一緒に働くのは小作人夫婦だ。何かと教えてくれるのはいいけど、詮索好きなのに閉口した。やがて田植えがはじまった。この作業は部落総出で持回り、茂蔵は大勢の目に晒された。努めて雑談に加わらず仕事に集中したら、かえって好感を持たれた。馬の世話は茂蔵の仕事だと団番は信頼して委せっきりだ。夏に向って茅などの草は日増しに茂る。飼葉作りに早朝から草刈り、干し草作り、馬糞と尿で汚れた敷藁を運び出して堆肥作り、更に月に一度日光鉢石宿から堆肥を運んで帰る仕事もあって、これでは馬の飼育に来たようなものだった。でも忙しさで思い悩む暇がないのが幸いした。団番一家にすっかり溶け込み信用された。

日光にも短かい梅雨が来た。

蓑笠をまとった団番が、お種人参畑へついて来いと言う。茂蔵も蓑笠を借りてお伴した。

——やっと許しが出た！

お種人参は湿気に弱いから、溝を深くして雨除けの覆いが必要だった。団番の畑の広さには驚いた。一年目から四年目まで整然と区画され、忌地（連作障害）を避けていた。これに較べると、松江の手作り畑は貧弱で小作人の畑のようだ。

連日雨にそぼ濡れながら作業を終えると、団番は喜んで一日の休暇をくれた。と言っても馬の世話がある。それを終えると所在がない。納屋の周りの掃除をしてると、小さな社があった。積ってる落葉を除き雑布がけをすると、小さな扉が開き奇怪なお像が現れた。お像は高い鼻を持ち鋭い目で茂蔵を睨んでる。どうやら禁断の扉を開けてしまったらしい。急いで扉を閉め許しを乞うて祈った。

団番に勝手なことをしたと侘びると、団番は笑いながら言った。

「謝ることたあねえぞ。おらげのばっぱ（婆ちゃん）が信仰しとった神様だ。ばっぱが死んでから誰も世話しねーもんだからかまねーどころか感心すっとや」

この祭神は猿田彦命という神様だ。古代ににぎのみことが、高天原から降臨した時、天のやちまたについて邪眼でもって下っ神を恐れさせた。あめのうずめのみことに制せられ天孫の先頭に立った。そして伊勢国五十鈴川の川上に鎮座し、容貌魁偉で長身長い鼻の国ッ神と言われている。

「ばっぱが言ってたな、猿田彦命は昔、二荒山の山頂から飛んできやんした。ほんだからどこでも遠くへ飛ぶすんごい力があんじゃんめ（あるんじゃないの）茂蔵さんや、掃除は続けんとだめかもしんねーぞ、ハッハッハ」と団番はからかった。

梅雨があけて強い陽射しが戻ってきた。

畑と水田で雑草が猛烈な勢いではびこり、連日草取りに追われた。水田の除草が一番辛い。腰をかがめてアヒルの水掻きさながらはいずり回る。水は陽照りで湯のようになり、葉先は顔や目を襲う。長く百姓をやってる者にも嫌な仕事だ。八ツ刻半（午後三時）になると、おさきがおやつとお茶を運んできて、木陰でひと休みになる。皆食べながら雑談を愉しむひと時だ。

「茂蔵さん、おめーに婿の口が来たぞ。おらの知り合いが是非ゆいつぎ（伝言）してくろってきかねんだ」と団番がにやにやして言った。

「おっとーそんなごじゃっぺ（でたらめ）話は、はやーぐ断ってくろ」と、おさきが深刻な表情で言った。

おさきの思いがけない態度と言葉に茂蔵は激しく動揺した。全然気づかなかった訳じゃなく、うすうすおさきの好意を感じてはいた。しかしお互いの立場を考えれば稔らぬ恋になってしまう。動揺したのは茂蔵だけではなかった。団番とくらが唖然となり冷静さを取り戻すまで暇がかかった。

「おめーの気持ちはよぐわかった。茂蔵さんはおらでも婿にしてーぐらいだ。ほんだげっといつか居ねぐなっちまうんだ。おさき惚れてもだめだんびや」と、団番が言うと、おさきは感情を抑えきれず泣いた。

この日からおさきは茂蔵を避けるようになった。茂蔵は勤めて平静を装うものの、おさきへの想いは胸の奥で熾火のように燻りはじめた。

## 十四

空は限りなく清明になり、頬を撫でる風は秋を告げた。稔りの季節の手始めは稲刈りだ。小作人家族四人が加わり、団番一家と茂蔵の合わせて九人、稲刈り、稲束運搬、稲掛けと流れ作業が行われた。稲穂は重く垂れて豊かな収穫が期待されて皆の気持ちは明るかった。

所野村の鎮守の森に秋祭りが行われた。村人の一番愉しみにしている狂言芝居もやって来た。秋は恋の季節、祭りには所野村だけでなく近隣の村からも若い男女が集まり、出会いも盛んでそれも大目に見られる。

団番家では、前日から宴会の準備におくらとおさきは大忙しだった。それも芝居見物の愉しみがあるからがんばれる。当日になると親戚知人の来客を接待し、宴会が盛り上がるのを見計らって、おくらとおさきは出掛ける予定だった。二人が晴着に着替え、勝手口から出る時、おくらが突然体調不良を訴え倒れ込んだ。おさきは狼狽し団番を呼ぼうとしたが、「お客さんにざわついてるとこ見せなんねえから茂蔵さんを呼んでけれ」とおくらが言った。おさきは咄嗟の判断で、すぐそこの茂蔵の部屋へおくらを連れて行った。

「茂蔵さん医者だんべや、おっかーを何とかしてくれっけ」と、おさきが訴えた。

茂蔵は突然のことに驚いたが、おくらを寝かし、埃をかぶった薬箱を持ち出した。岡本瑞庵から教わった見立てを思い出しながら、おくらを真剣に目診と触診した。過労から一時的な貧血状態になったと判断し、芍薬甘草湯を使用した。茂蔵とおさきが見守っていると、おくらの顔に赤みがさし、息づかいも少し楽になった。おさきにも笑顔が戻った。おさきが落ち着きをとり戻し団番を呼びに行った。

「茂蔵さん世話かけっちまったね」とおくらが言った。

「そげな事言われーと恥しいですがね。よくなられてよかったですよ」

そこへばたばたと団番が駆けつけた。

「おっかーどうしたんだべ。まっさか（まさか）祭りの日に倒れるなんて……お客さんか？　皆かってに呑んでるんだ、かまねーよ、茂蔵さんおめーが居てたがらたすかったな。おつきぎ（お礼）に座敷でよばれとごれ」

「いんや儂は後でよばれますけん」

「そうだ茂蔵さんわりきっと（悪いけど）おさきを芝居に連れて行げんの？　おさきの愉しみがねぐなっちゃ（無くなる）ァかんな」と、団番が言った。

「それがいがんべよ（いいねー）」とおくらが賛成した。

ひょんなことから茂蔵とおさきは鎮守の森へ行くことになった。長らく口もきかなかった二人だが、内心憎からず思ってる仲なので二言三言話すと、すっかり打ち解けた。夕闇が迫ると呪縛を解かれたように、おさきは茂蔵の手に縋《すが》って歩いた。

鳥居を過ぎると、人混みはひどくなり、離れたら大変とばかり二人はしっかりと手をつないだ。

「いよッ、福田げのおさきでねえか、はァ男さできたのけ？　おったまげたな」

あまり感じの良くない男がからかった。

「あいつは源八ゆって、こんじわりい奴だよ」と、おさきが吐きすてるように言った。二人は源八を無視して先を急いだ。参拝を済し、狂言芝居へ向った。すでに始まってたので、いい場所はすべて占められ、はるか後方の生垣の辺りしかなかった。少し小高くて、明るい舞台は意外によく見えた。夜の帳《とばり》がおりると、舞台は浮きあがり、観客の姿は闇に沈んだ。やがて茂蔵とおさきは二人だけの世界へと没入した。おさきの髪油と白粉の香りは茂蔵を酔わせた。思わずおさきを引き寄せると、おさきは眼を閉じて抱きついてきた。夢のような陶酔した時が過ぎる。

突然嵐のような拍手と歓声が二人の夢を破った。舞台の幕が降りたのだ。二人は重い腰をあげ、家路を急ぐ人々の後をゆっくりと歩いた。甘い余韻を放さぬ様しっかりと手をつないだ。やがて人影も減り、最後の御神燈の明かりがぽつんと道を照らしてた。その明かりの輪に黒い影が三つ現れた。嫌な予感がした。行手を阻んだのは源八とその仲間だ。

「どこの馬の骨だがしんねー作男と乳繰りやがって、訴えてやるぞ。それが嫌ならおらとつきあえ」と源八が凄みを利かせた。

「ひとのごど（事）がまねーでくれ」とおさきが拒絶して通り過ぎるのを三人が囲んだ。異常な雰囲気になったなと茂蔵は唇をかんだ。おさきを庇って前に出ると、いきなり拳が顔を一撃し鼻血が出た。それを見ておさきが悲鳴をあげた。それに触発された三人が茂蔵をとり囲み「痛い目に会いたくねーならごっごつ（さっさと）とおん出て行け！」と源八が怒鳴った。

茂蔵は低い姿勢で攻撃に構えた。左の影が怒声をあげて殴りかかってきた。その腕をはらいのけて鳩尾《みずおち》に当て身を突くと影は悶絶した。右の影は鋭い蹴りを入れて来た。茂蔵は左手ですばやく受けて影の躰をかつぐと鋭い気合いと共に投げ飛ばした。源八は正面から太い棒で振りおろしてきた。一瞬早く体を丸めて飛び込んだ積りだったが肩を強打され激痛が走った。再び棒を振り上げた源八の片腕を把むと躰を低く反転させ背負投げをかけると源八は悲鳴を上げ地面に転がった。

身を竦《すく》めて見守っていたおさきが胸に飛び込みしゃくり上げた。鼻血は止まったけれど肩の痛みが歩く度に走った。おさきを護るためとは言え、派手な立ち回りをやってしまった。源八が問題にすれば日光を去らねばならぬかも知れん。お種人参を道半ばで諦めるのは悔しいけれど、よくここまで来れたと思えばこれも運命かなと、協力して下さった方々も許してくださるだろうと思った。

祭の翌日、おさきから事情を知った団番の行動は迅速だった。源八はどうしようもないどら息子だが、彼の父は有力な世話人だ。団番は福田庄兵衛に相談すると、囲碁相手としてお気に入りだった茂蔵の災難にいたく同情し、「早ぐしねぐれなんめ（早くしなくちゃ）源八のおっとーとは旧知の仲だ。わからん男じゃねーからな。そうだおめーは口べただべ、おらも行って話をつけてみっぺ」と、積極的になった。

源八の家を二人で訪ねると、やはり険悪な雰囲気だ。源八が話を誇張したり嘘を重ねて父親を騙した結果の様だ。庄兵衛が事実を上手に説明すると納得してくれた。源八は呼び出されて叱責された。

「おめーのでたらめでおれが恥かいたぞ。これからはごじゃっぺ（でたらめ）こくでねー」

「まあゆるしてやってけれ。喧嘩両成敗で納めてけれ」と、庄兵衛が言った。

源八の父は頷いた。

「ひとつ聞くが、その作男は他国者でねえのか？　団番さんどうなんだ」と咎める口調になった。

団番はきっとなって「ほんだげっと（だけど）娘の婿に決めた男だァ、何かがまごと（問題）あんの」と反論した。

「そうかね、そりゃいがった（良かった）な」と、源八の父は納得してくれた。

団番は晴晴とした顔で帰ってきた。

帰りを待ちわびてたおくらとおさきが競って交渉の結果を訊ねた。

「庄兵衛さんがしまず（始末）してさーっぱりかたずいたぞ。ただ茂蔵さんの身分があぶねがったな。他国者じゃねえのけと文句が出た」

「ええッそんじゃ、おっとーどうしたんだべ」と二人が同時に訊いた。

「なんでかんで（どうしても）びだまらず（黙らす）ため、おらげの婿だぞ、かまごとあんの？　と言っちまった。他に方法がねーだろ、しゃーねな」と団番は頭を掻いた。

「婿さまだってゆったのか？」と、おさきは顔を赤くして羞じらった。おくらは眉をひそめて言った。

「そんなごじゃっぺ（でたらめ）ゆってばれたらどうすんだや？」

「そん時にゃ二人を夫婦にすっぺ。おさきはかまごとあんの？」

「あんれまあ、おっとーのごじゃっぺからおんもしれーごとになっちまったよ」と、おくらが笑い出した。それにつられておっとーもおさきも笑った。

――茂蔵さんがおらげに来た時からこうあるかもしんねーなと……。おさきはこの顛末を一刻も早く茂蔵に伝えたくて母屋を飛びだした。

茂蔵は薬箱から、打撲に効く塗り薬を取り出して肩に塗ろうとしてた。

「私にゆってくれたっけ、その方がはががいくだ（効率が良い）」と、おさきは茂蔵の肩に軟膏を塗りながら源八の父と庄兵衛の交渉が成立したと話した。

「庄兵衛さんが助けてくれたんだね」

「そーだよ。でも私と茂蔵さんが夫婦になる条件で話は、はがいった（進展）とおっとーがゆったよ」

「おどろいたなァ、なしてこげな話になーだらかな、おっかーは何て言っちょられーかね」

「おっかーはえれーことだねと大笑いしていたよ」

茂蔵は頭が混乱した。おさきと夫婦になれるなんて夢のようだ。でも松江に儂が帰る時どうなるのだろう。おさきはともかく、団番とおくらはどう思っているのだろう。

茂蔵とおさきの結婚話は微妙な問題だった。四人とも明快な答えを持っていなかった。そもそも団番の苦し紛れの一言から始まったのだから、結末も意外な決着になるかも知れず、茂蔵はおさきへの思いを心の奥に封じ込めて、これまで通り仕事に精を出した。悩ましいのはおさきに対する態度と配慮だった。純心な乙女を傷つけてはならんと思うと心は乱れ、悩ましい日が続いた。

山国日光では冬の訪れは早い。

野や山にうっすらと霧が湧きはじめると、やがて初霜が降りる日も近い。それまでにしなければならない仕事が山ほどあった。お種人参の雪囲いが大事だ。山に入って柴刈り、間伐した木を運び出して薪割りもそうだ。越冬に十分な飼葉の仕込み、大根、蕪、青菜などの貯蔵等を片づけ五年物のお種人参を収穫して納屋へ運び込んだ時、期待で茂蔵の目は異様に輝いた。

納屋の一番奥にある開かずの部屋、ここでお種人参の総仕上げの作業で製品が作られるという。団番とおくらの二人が出入りしはじめた。

茂蔵が人参を洗ってから髭根を取り形をそろえると二人は部屋へ運び込んだ。茂蔵が部屋に入る機会はなかった。

初霜が降りて冷え込むと、開かずの部屋から絶えず湯気が漏れてきた。中で火を燃やし湯が沸かされているのだろう。茂蔵はひと目だけでも開かずの部屋を覗いてみたいと思った。そんな気持ちを抑えて、猿田彦命の社で祈りをささげた。

霰が降りしきり、柿の梢に残ってる葉は残らず散り、初雪も間近かと思われた。晩飯の後、部屋で考え事をしてると、おさきが呼びに来た。母屋の囲炉裏で団番夫婦と、珍しく団平が待っていた。茂蔵とおさきが座るのを待って団番が深刻な表情で話を切り出した。

「おくらとはずーっと話し合ったが考えがまとまらねーから、おめー達も考えてくれっけ。おめーらほんしこ（本気で）に夫婦になる覚悟さ持ってるのか？」

茂蔵とおさきはお互い見詰め合ってから頷いた。

「ほんじゃおらたちはかまねーよ。でもまっさが（まさか）松江と日光と離れて暮すなんてできながんべ、どーやんだ？」

「……」

「茂蔵さんは日光の人間ぶんぬぎ（そっくり）になっちまっただ。このままおらげにすみなんしょ」と、おくらが言った。

「おっかーそれはできながんべ。いぐら何でも勝手過ぎるべ。庄兵衛さんと和尚さんに申し訳ねーもんな」

「いくら考えてもわかんねーから困っちった」と、おくらは悲しそうだ。

二人の深刻な悩みを前にして茂蔵は自分の希望なんか言い出せない。

「さっきなっから考えてたんだ。私は嫁になるんだから茂蔵さんのいぐ処へいぐ」と、おさきがきっぱりと言った。

「そーだな、おさきのゆーとおりだ。茂蔵さんおさきを大事にしてくろ。子供をなしたら（産む）あがんぼを江戸まで連れてきて見さっせ。おらたちも江戸までならいげん（行ける）けんの、なあおっかー」

「そーだね。それしかしゃーねんもんな」

おくらは泣き笑いでくしゃくしゃな表情で言った。

「よしッ、これで決まりだな。祝い酒にすっぺ、酒だしてくれっけ」

団番は酒が入ると、饒舌になった。

「これから雪が降るまでうがうがしてたっくれたらだめだんびゃ。なあおさき茂蔵さんと行かれんかったらえれーことだ。おっかーと嫁入り支度を急いでけれ。団平は茂蔵さんに代わって馬の世話してくれっけ、やればでぎっぺよ。おらと茂蔵さんは、開かずの部屋でこみっちり働くべー。なんでかんで雪が降るまでに早ぐしねぐれなんめ（しなくちゃ）」と、団番は赤くなった顔で捲し立てた。

茂蔵はどうして団番が降雪にこだわるのかわからなかった。この家では団番が決めた通りに物事が動く。翌日からは忙しくなった。茂蔵は団番と一緒になって、開かずの部屋で働いた。そこで見たものは、日光のお種人参商品化の核心だった。おさきとの婚約によって秘法を会得することができた。

開かずの部屋では、釜で湯を沸かして人参を煮沸した後、炭火で乾燥させて完成する。この一連の作業は約十日かかる。作業が始まると付き切りだから食事と用をたす以外は部屋で過す。団番と茂蔵が協力し合って作業を終えた時は、満足感とお互い信頼する気持ちが強まった。茂蔵とおさきが結婚すると、義理の親子になる訳だが、それより先に共同作業で愛情の絆が結ばれた。おさきはおくらと嫁入り支度で頭をかかえ込んだ。というのは衣装は殆ど持って行けないから、その選択が難しい。

高い二荒山に初雪が降った。やがて所野村も雪になる。

茂蔵とおさきの結婚式と披露宴が慌ただしくとり行われた。実教院の和尚夫妻、福田庄兵衛、団番とおくらの親族と小作人達が集まった。めでたい席なのに、遠国へ旅立つ二人とは今生の別れになると皆が感じてそれを抑えようとして酒量が度を越してしまった。茂蔵の前に返盃を求める盃が置かれ、飲みほすのに苦労した。この人々の恩義を忘れてはならぬと盃を受け、ついには泥酔してしまった。予定では鬼怒川の古い温泉旅館におさきと泊ることになっていた。目を醒ましたのは、翌日の昼過ぎだった。おさきが心配して付きっ切りだったと言う。夜になると雪が降りだした。厩舎の住み馴れた部屋で初夜を迎えた。

翌朝、早く起きて馬の世話をしていると、団番が「花婿がそんだごとすっごとねーぞ、みっともねがんべ」とにこにこしながら咎めた。

「これが最後の奉仕ですけん」と茂蔵が言うと団番は目を瞬いた。

「お前達出発の準備はできてるべ、うがうがしったくれ（うかうかすると）ちまうと大雪になっちまうぞ」と、起きてきたおさきに言った。

やがて最後の朝食を皆でとった。

茂蔵は馬を曳き出して、草鞋を四つ、足に履かせた。背には振り分け荷台を置き、片方にはおさきの荷を、もう一方はおさきが乗ることになる。この馬は今市宿で乗り替え、その先は次々と乗り替えて行く予定だ。

人間一人と五貫目までの荷物を乗せることができる。この馬を宿場では「軽尻」と呼んでいた。軽尻代は団番がたっぷりと用意してくれた。おさきの衣類のうち、綿入れにはお種人参の種子が秘かに入れてあった。

屋敷から村道まで、団番、おくら、団平が見送ってくれた。最後の別れの挨拶を交わし、お互いに姿が見えなくなるまで手を振り続けた。昨夜半に止んでいた初雪がまた降りだした。柔らかな雪は地面に落ちると消え、馬の背やおさきの髪を白く化粧した。

「日光はこれからこみっちり（たくさん）降るからね。たじまじ（たちまち）旅はできねーがんな春まであずけだんべや」と、おさきが言った。

――あっ、そげな訳だったんだ。降雪までに急げ急げと団番さんが言ってたのは、春まで延期になったら未練がつのりとてもおさきを手放すことなんかできなくなってしまう。とりわけおくらさんはそうなるだろう。それを懸念してたのか……。

団番の胸中にやっと思い至ったと思う。愛別離苦とはこのことなんだ。おさきを幸せにしなければ申し訳ないとあらためて思った。おさきを熱い思いで見つめると、おさきは何の屈託もないらしく微笑んでいる。茂蔵は握っているおさきの手を強く握りしめて気持ちを伝えた。

## 十五

日光の所野村から遠ざかるにつれ、雪は小降りになってきた。そして雲の切れ目から薄日がさしてくると、家族との別れの感傷は、薄紙をはぐように消え、茂蔵とおさきに笑顔が戻ってきた。遥かな旅路への不安より、これから始まる新婚生活への期待が上回ったのだ。

日光鉢石町を過ぎ、今市宿に入り馬宿を訪ねた。連れてきた福田家の馬を返さねばならない。茂蔵は馬面《うまづら》に頬擦りした。そしてたてがみを愛撫して別れを惜んだ。すると馬は激しく足踏みをして、荒い鼻息を洩らした。

「よーぐ世話したから別れがつらいんだべや。わっちだって、やだんびや（いやだよー）」と、おさきが泣き出してしまった。

茂蔵はおさきの肩をやさしく叩き、「馬も人間と変りねえんだな」と、溜息まじりに呟いた。

馬宿の主人が福田家の馬を引き取り、新しい馬をひいてきた。

茂蔵はこの馬に荷物とおさきを載せると出発した。馬を借り替えて気持ちの整理がついた。日光街道は殷賑《いんしん》をきわめ、どの宿場町も女の姿が目立っていた。飯盛女や遊女が多く、それがおさきの興味をひいたらしい。

「おかしいね、おらたちにはちっとも声かけねーんだからな」

「面白いこと言っちょーな。おさきが居るからだけん、声かけたって商売にならんけんな」おさきは怪訝な面持をしていたが、やがて、「おどごっこ（男）は、しゃーねえなあ」と、軽蔑したように言った。

振り返ると、一年前の松江から日光へのひとり旅はひどいものだった。懐具合はさびしく、母には釘をさされていたから、飯盛女からは逃げるようにして安い平宿に泊った。どこの馬の骨とも知れぬ連中と相部屋になると、とてもじゃないが熟睡できなかった。また、江戸屋敷の側用人横田新兵衛からの預り物が心配で、入浴すらままならぬ不便な旅だった。それに較べたら、おさきとの旅は夢のようだ。裕福な福田家だから、団番は宿賃と馬代に使えと言って、十分な餞別をくれた。おさきの懐には多額な持参金が入っていた。今度の道中で一番の心配事と言えば、盗難に会わぬ様、まわりから目立たぬ様に気を引きしめることぐらいで、その差は雲泥だった。

日光街道での最後の夜は、粕壁で過した。

翌朝、早立ちをして、七ツ半（午後五時）赤坂の松江藩江戸屋敷に辿り着いた。

「小山茂蔵が戻ってきましたッ」と、玄関番が叫んだので、茶坊主が奥へ小走りで報せに行った。

「そうか茂蔵め日光から無事帰ってきたか」と、側用人横田新兵衛は大喜びだ。と言うのも、日光の降雪を考えると、越年になるかも知れぬと思っていたから。

新兵衛は茶坊主を追い越しそうな勢いで廊下を急いだ。

新兵衛が玄関で見たものは、茂蔵に寄り添う可愛らしい娘だった。唖然としたけれど、すぐ事情を察した。

——苦労の連続だった筈なのに、茂蔵のやつそんな余裕があったとは……。

新兵衛は若い二人をほほえましく見つめた。

「小山茂蔵只今戻りました。横田様には色々とご協力いただきましたけん……」

「茂蔵ッ、挨拶はそれぐらいにして、早くきれいな娘ごを紹介せんか」

「はッ、そげですか。あのう、日光で世話になっちょーました福田家の娘で、おさきと申します。縁があーまして戻る前に、みょうとになーました」

茂蔵は緊張のあまり汗をかきながら説明した。

「そうかそうか。おめでとう。日光へ旅立つ折、拙者が、茂蔵ッ、婦女子には気をつけろと、軽口をたたいた事を憶えてるかな……まさかこんなに可愛げな娘ごを連れて帰るとは思わなかったな。お種人参の修行だけでも大変なはず、若いことはすごいもんだな。しばらく休んでから、苦労話や愉快な話を聞かせてもらおう」

新兵衛は茂蔵の肩をたたいて去って行った。新兵衛の指示で、茶坊主が二人を案内してくれ、その後に付いて向った部屋は、何と茂蔵が日光へ行くまでの数日を過した同じ部屋だった。実教院からの回答を待ち、不安と焦燥で何も手につかぬ状態だった。やがて日光で巡り合った人々の助けがなかったら、どんなに踠《もが》いたところで、目的を達成できなかっただろう。特に福田団番家には、いくら感謝してもしきれない恩恵を受けた。その最たる贈物が目の前のおさき、遠く離れた松江まで嫁に来てくれる……大事にしなければ罰が当る。

「さきなっから、人の顔をじろじろ見て恥しいでねえの、もうかんべんしとごれ」

「うーん、おさきはめんごいからなあ」

「もう、何おつきぎ（お礼）しようかな？」

「何もいらないよ。松江に来てくれるだけで十分だけんね」

「ふーん、松江って日光より寒いのんけ？」

「いんや、日光の方が寒いと思うよ」

「そうなの。それで帰ったら人参作るのけ、それとも医者になるのけ？」

「そげだな、帰ってみんと儂にも判らん」

二人が睦まじく話をしてると、襖があき、茶坊主が顔を出した。

「茂蔵さん、お側用人さまがお呼びです」

茶坊主に導かれて、二人は長い廊下を渡り横田新兵衛の待つ部屋へ入った。

「旅の疲れはとれたかな？」

「だんだん、だんだん。お側用人さまのお力添えで、無事勤めを果すことができました」

茂蔵とおさきが揃ってお礼を述べると、新兵衛は上機嫌でここへ座れと手招きした。

「今日のこの良き日を迎えられるとは、拙者も予想できなかった。馴れぬ他国でよくぞがんばってくれた。察するに、嫁ごの協力があってのことだろう。よくぞ松江まで嫁入りする決心ができたことよ。話はおいおい聞くとして先ずは飯じゃ。膳を三人前運んでくれ」と、茶坊主に命じた。

「お食事に相伴なんぞできませんけん、こらえてごしない」と、茂蔵は恐縮して辞退した。

「茂蔵いいかな、明日以降は藩に復帰するとしても、今は岡本瑞庵先生の内弟子の筈、遠慮は無用じゃ。

それに藩のため大いに尽力してくれた二人を馳走もせずに松江へ帰しては心残りでならぬ。窮屈かも知れぬが今晩は付き合ってくれぬか」

「はッ、ありがたく相伴させてもらいますけん」

料理は二の膳まで運ばれてきた。そして、横田新兵衛自ら音頭をとって乾杯が行われた。この例のないもてなしに、茂蔵は感激した。これに甘えて深酒すれば失態すると、酒に弱いのを自覚してるから、もっぱら酒を注ぐことにした。おさきも見様見真似で、酒をすすめると、新兵衛はとても喜び杯を重ねた。

おさきは尋ねられたことには、物怖じすることなく、野州訛ではっきりと答えたので気に入られてしまった。

「親御さんがよくぞ手放す気になられたものだ。かなり反対されたことだろうが……」

「私がなんで行くとゆーがら、しゃーねな、ほんじゃ子をなしたら、江戸さ戻って孫の顔をおがませてくろ、これが条件だと許してくれたでやんす」

「そうかね。それぐらいの親孝行はせんといかんな。その折は拙者も協力するから知らせてくれんかな」

「ほんじゃ、そんときは助けてくんなんしょ」

「よろしくお願い申し上げます」

二人そろってお願いした。

# 十六

数日後、江戸勤めを終えて帰国する藩士の一行と共に、茂蔵とおさきは江戸屋敷を後にした。これからの旅は、二人だけの日光街道の旅とは違って少し窮屈な思いをするだろう。ところが、雇い馬をめぐる二人の気配りがきっかけとなって、和やかな旅を続けることができた。

当初、足軽身分の若い二人が自前とは言え、馬を雇うことに反感を持たれてしまった。

宿場町の雇い馬には二種類あって、ひとつは本馬と呼ばれ三十六貫目まで積むことができた。もうひとつの馬は、軽尻と呼ばれこれまで日光街道で利用してきた馬だ。おさきが乗り、手荷物を積んできた。おさきも旅馴れ健脚になったから、二人は相談の上で、おさきは歩き、その分他の藩士の手荷物を少しずつ積んでやることにした。これで茂蔵とおさきを見る目が変った。健気に歩くおさきに同情が集まり、身分の違いを超えて、同じ旅を続ける仲間となった。助けあえば慣習も越えられる貴重な体験となった。

文化元年（一八〇四）十二月十九日、七ツ（午後四時）、一行は松江に辿り着いた。

茂蔵の母あきのは、あまりのうれしさに泣きだしてしまった。夫を亡くしてから頼りの息子は江戸勤め（藩からはそのように説明されていた）でいつ帰るとも知れず、一日千秋の思いで待ち続けてきた。それが今、可愛らしい嫁まで連れて帰ってきたのだから。

夢のような楽しい夕餉がはじまった。茂蔵は藩命とはいえ、日光行きを江戸勤めと偽っていた。それが今、日光育ちのおさきを妻に迎えたことの整合をどう説明しようかと悩んでいた。ところが母はそんな違いには関心がなかった。只元気で帰ってきたことで満足だった。そんなことより母の悩みは、狭い屋敷だった。話では嫁は大百姓の娘とか、広い屋敷で育ったのだろう。この足軽屋敷は、玄関四畳半、表座敷六畳、裏座敷三畳、台所、風呂、雪隠とお種人参を育てた裏庭が全てだ。母は若夫婦の部屋を表座敷に当て、自分は裏座敷を使うことにした。

「こげな狭い家だけど、がまんしてごさっしゃい」と、おさきに申し訳なさそうに言った。

すると、おさきは言った。「日光で茂蔵さんは、おらげ（我家）の納屋に住んでただ。そごさ嫁入りしたんだからだいじだよ（大丈夫）」

それを聞いて、母はもとより茂蔵も安堵した。道中の間、ずっと気にしてたから。

翌日から帰国の挨拶回り、先ず京橋川沿いの木苗方役所に行った。茂蔵の長期不在について、木苗方は関知しなかったから、突然顔を出しても釈然とせず、双方ともにとまどいがあった。早々に退席し、おさきを伴って、米子町の海乗寺に向った。道々海乗寺の和尚は道場を開き古武術を教えており、自分は門下生で修業してきたとおさきに説明した。

「まっさが源八をぼっこしちゃった（ぼこぼこにした）技はその寺のけえ？」

「そげだよ、日光行きを勧めてごしなったのも海乗寺の和尚さんだけん」

「すんごい和尚さんだな、きっといかつい人だんべな」

おさきが想像をたくましくするので、茂蔵は笑ってしまった。おさきはどうして笑うのか判らず怪訝な顔をしていた。

海乗寺を訪ねると、稽古着姿の和尚が迎えてくれた。

「ご無沙汰しちょーました。昨日戻ってきましたのでご挨拶にうかがいました」

「よう戻ってきたのう。元気だったかね、その娘さんはどげした方かね？」

「あッ、儂の嫁でおさきと言います」

おさきがあわててお辞儀をした。

「そげかね可愛げな嫁ごだのう。今日のところは稽古はできんだろうな……後日稽古かたがた日光の話を聞かせてごせ」

「はい、では日をあらためて寄せてもらいますけんね」

海乗寺を辞去し境内を出た途端、おさきは茂蔵をぶつ真似をして非難した。「和尚さんはいっかい（大きな）人だなーんて嘘いったらだめだんびや、はー吹き出すとこだよ、茂蔵さんたらずるがんべ（ずるいじゃないの)」

「そげかや、和尚さんは急に縮こまったけん、悪かった悪かった」

「いじやけるなー（腹が立つわー)」

おさきは笑いころげる茂蔵を睨みつけた。

「次は医者の岡本瑞庵先生のお屋敷へ行くけんね」

「もうおがしい事は言わねーでけれ」

「わかった、先生には冗談は言えないけん安心してごせ」

米子町から川に沿って北へ進み、普門院の堀をつたって西に進んだ。松江城を囲む堀川に架かっている北堀橋を渡るとすぐ岡本瑞庵邸が見えた。冬の寒気は堀川に留まっていて、足元を冷やした。瑞庵邸の軒下に灯火の明かりが二人を招くように輝いていた。訪いを入れると、瑞庵はすぐに玄関に現れた。

「元気そうじゃのう。心配しとったけんな。あッ、この娘さんが噂の嫁ごさんだな、なかなか別嬪《べっぴん》さんだがのう。いろいろ話を聞きたいだども、先ずはご家老に挨拶せにゃいけん。江戸からの飛脚便で、お前さん達のことは知っておられる。戻り次第連れてくる様にと言わしゃった。とにかく早や行かや」

「先生ッ、ご家老様のお屋敷なんぞ行けません。かんにんしてごしない」

「何言っちょうかね。ご家老のお許しがあったけん日光に行けたんだぞ。今回は特別だけんな」

茂蔵にとって、家老は雲の上の存在だ。いくら瑞庵が口で言ってくれても、長年染み入る格式制度で躰が動かない。ところが、瑞庵がおさきを誘うと、あっさりと頷いて、「お城で一番偉い人だんべや。行がねーと失礼だべ。おつきぎ（お礼）すっぺ」と言った。

「よしッ、これで決まったな、茂蔵ッ」

瑞庵は笑いながら茂蔵の肩を叩いた。

三人は提燈《ちょうちん》に明かりを点けて、殿町へ向った。この町に家老、中老の屋敷の殆どが集まっていた。朝日家をはじめ乙部、三谷、柳多、神谷、有澤など代々家老職を勤めてきた人物の家屋敷があり、茂蔵のような足軽には無縁な町だ。

瑞庵は茂蔵の気持ちを察して、勝手口に回り訪いを入れた。すると顔馴染みの女中が「あれ先生ッ、なしてこげな所から……」と驚いた。でも後の二人を見て事情を察し、すぐ奥へと案内してくれた。導かれた部屋は暖かだった。朝日丹波恒重は、丹前にちゃんちゃんこを羽織り、小さな火鉢に両手をかざしていた。

「こげな夜分に押しかけて申し訳ございません」と、瑞庵が挨拶をした。

茂蔵とおさきは瑞庵の後で、深々と頭を下げていた。

「何の何の寒いところよう来てくれた。日光での働きや福田家のご協力については、江戸の横田新兵衛から聞いておる。福田家の娘ごが帰藩したら是非会うて礼を言わねばと、瑞庵先生にお願いしていた訳でのう。さあさあ二人共顔を見せてくれんか、……なかなか似合いのみょうとだな。これからも力を合わせて、わが藩のお種人参を育ててくれんか、よろしくたのむ。これからも困ったことがあれば、先生を通して申し出て欲しい」と、親しみを込めて語りかけた。

恒重は日光の福田家に興味があったから、おさきに次々と質問をした。おさきは上下関係の薄い野州育ちだから、松江藩の厳しい格式制度に疎かった。だから質問には正直にお国言葉で素直に答えた。横で茂蔵ははらはらし通しだった。ところが恒重は、可愛げな娘が「そーでがんした」「何々だべー」とか訛を連発するのが面白く、おさきをすっかり気に入ってしまった。

「いやあー今夜は愉しかったぞ。横田新兵衛からの便りでは、おさき殿に子供ができたら江戸で会わせてくれとの条件付きで親ごさんが手放されたそうだの、まことかな?」

「はい。おっとーと約束したでやんす。そん時は江戸へ行かせてくんなんしょ」

「それは大事な約束だのう。お世話になったわが藩としては守らねばならん。先生よろしくたのみますよ」

「あいわかりました。茂蔵ッ、ご家老にお礼申し上げろ」

「はあッ福田家に代わりましてお礼申し上げます」と、茂蔵は冷や汗をかきながら深々と頭を下げた。

朝日丹波恒重邸を辞去しての帰り道、「あげな楽し気なご家老を見るのは久し振りだ。おさき殿のお蔭だな」と、瑞庵が言った。

瑞庵と別れ二人きりになると、どちらからともなく身を寄せて手を繋いだ。提燈を先生に返したので、道は暗く、空には寒ざむと星が輝いていた。しかし、先刻のご家老の言葉が耳に甦り、二人はとても幸せな気分になった。

母あきのの提案で、茂蔵とおさきの結婚披露宴を我家で催すことになった。当初、茂蔵の考えでは、既に日光で済ませたし、手土産を用意して挨拶回りをすればいいと思っていた。ところが母は、日光でやったからと松江でやらなければ、世間さまから笑われると、はげしく抗議した。夫を亡くしてすぐに、子供まで江戸へ行ってしまった寂しさと孤独感を、今一気に取り返して、その喜びを誰彼となく、知って欲しい気持ちでいっぱいなのだ。その事に、今茂蔵は気付いた。

「かあさんの思い通りにやってごしない。儂とおさきは何でも協力するけんね」

「そーだね、かあさんゆってくんなんしょ」

「そげかね、私の気持ちが判ってもらえて嬉しいがね。きっと、とーさんも喜んじょってだわね、だんだん、だんだん」

師走も押しせまってるからどうかなと心配したけど、招待客は皆集まってくれた。狭い家だからぎゅうぎゅう詰め、いちいち配膳もできず、あきのとおさきの手料理を大皿にもりつけて出した。量だけは十分用意した。茂蔵は思い切って大きな薦樽酒を準備した。招待したのは向う三軒両隣り、木苗方の先輩、同僚、海乗寺の和尚と岡本瑞庵だった。瑞庵は遅れて出席すると、宴は大いに盛り上がっていた。主賓の瑞庵の座る場所がない程で、あきのと茂蔵はすっかり恐縮してしまった。

「結構なことだがね。こげに大勢な方が参ってごしなって、新郎新婦は果報者だな。これはご家老から預ってきた品だけん、ありがたく受けとってごしない」と、反物を風呂敷から出した。全く意外な贈主に皆は唖然となった。そして目の前のある男物と女物の二反に目は釘付けになり、騒々しかった宴会は、しーんとなった。瑞庵はこれはまずいなと思い、釈明する必要があると思った。

「実はな、故あって詳しくは説明できないが、新婦の実家は日光のお種人参を大規模にやっておられる。また、日光の社寺の改修工事を松江藩が請負工事をした折にも世話になった地元の有力者でもあり、この度、不思議なご縁で、茂蔵に嫁いでこられた。茂蔵は皆も知っての通りお種人参で長年苦労してるから、嫁ごさんの力で良い方へ行くようにとお祝いしてごしなった。皆もこげに喜んで祝ってくれただけん、きっと若夫婦はこれを励みに、うまくやってくれるだろう」

瑞庵の説明に皆の動揺はおさまった。瑞庵が、「皆さんに酒をすすめて回らんかや」と、指示すると、茂蔵とおさきがぎこちない手つきで酒を注いで回り、ていねいに挨拶をした。一同すっかりうちとけて盛りあがった。大きな酒樽も底をついてしまった。

母のたっての願いで始まった披露宴は、母の思惑通り、否、それ以上にうまく行った。おさきの評判は上々だった。何よりも家老朝日丹波恒重からの結婚祝いは、大きな波紋となり木苗方役所の隅々まで知れ渡った。こんな場合、嫉妬、憎悪、反感を買うものだが、茂蔵の日頃の態度や行動が幸いした。これまで誰も茂蔵の自慢話なんか聞いたことがなかったから。披露宴の後でもその態度に変りはなかった。人々の注目の的になったのは、嫁のおさきだった。彼女が下野日光出身で、お種人参をひろく栽培してる大百姓の娘だと知れ渡ると、茂蔵のお手作り畑に箔が付き、茂蔵が百姓畑をひろげる上で、強力な宣伝になった。

おさきの嫁入衣装のうち、綿入れちゃんちゃんこが二つあった。男物は茂蔵のためで、もうひとつはおさきのだった。この二つを丁寧に解くと、油紙で包んだお種人参の種子がいっぱい現れた。この種子は、慌ただしく日光を去る時、おさきの父福田団番が大事に保管している中から分けてくれて、それを母おくらがしっかりと縫い込んでくれた種子だった。これこそこれからの栽培の成否の鍵とも言える宝物だった。

# 第三章　茂蔵とおさき、日光の福田団番夫妻と大阪で

## 十七

新しい年、文化二年（一八〇五）、小山茂蔵は、木苗方役所の人参係りに復職した。一年前上司と意見の相違から、はからずも日光へ行くことになったが、それは伏せて表向き江戸勤めしたことになっていた。当然、畑は放置された状態になっていた。一からやり直しで連日畑に出て、除草、掘り起しの作業を続けて弱った人参を移植した。それから整理できた畑から順番に杭を立て、何年目の人参なのかを表記して記録した。畑は見違えるほどきれいになった。続いて、古志原に新しい手作り畑を作り始めた。この畑に日光から持ち帰ったお種人参を育てようと計画した。この話をおさきに話すと、「私もその畑で働かしてくれっけ、おらげの仕事は、おかあさんひとりでだいじだよ」と、おさきが言った。

言われてみれば、その通りだった。小さな家の家事なんて二人には少な過ぎる。おさきが家事を手伝えば、母の仕事が減って母の居場所がなくなるような気もする。早速母に相談すると、あっさり認めてくれた。

おさきは、はりきって準備を始めた。それから、茂蔵とおさきの古志原通いが始まった。

おさきの格好は、紺絣の着物に軽衫《かるさん》を穿き、白頭巾の上に菅笠をかぶり、手には手甲を付けた本格的なものだった。物見高い村人が熱い視線を送ってきた。

「あの若い役人さんは、結婚しなったださか？　近頃は嫁さんと働いちょってだがね」

「あの娘さんは日光から嫁入りしなったげなよ」

「あだん、私もあの役人すいちょったのに……」

「もう手遅れだわね」

村の娘たちの立ち話はかしましい。

お種人参栽培を始めてみようかと、少しでも関心を持っている大百姓は、お種人参の本場である日光から嫁いできたという点に興味を持った。いくら余裕のある大百姓でも、四年もかかるお種人参にはおいそれと手が出せなかった。それが今、風向きが変ろうとしている。茂蔵は日光で学んだから自信があるとは言えない。

ところが、おさきが畑で働くだけで宣伝になるのだ。茂蔵とおさきの古志原通いは、徐々に実を結びそうな気配になってきた。通い始めた春、周りの水田では代掻きの作業中だった。ひと雨毎に苗は茂り、蛙が鳴き、やがて蛍が淡い光を点滅させた。二人は暗くなる迄働いた。じりじり油照りする日は、街道からはずれた鎮守の森の冷たい湧水を飲み、手拭いをひたして汗をぬぐった。雨の日は蓑笠をまとい通った。湧きあがる積乱雲も、いつしか尾を曳く薄い雲に変り秋風が吹き、青青としていた田は黄金色の穂が波打つと、鎮守の森から笛太鼓の音が流れてきた。待ちに待ったお種人参の種蒔きの季節の到来だ。

団番直伝のやり方で始めた。直蒔きを変更し、盥《たらい》に水を張って種子をひたし発芽を待った。やがて胚に割れ目ができると、この時点で準備した苗床に蒔くのだ。この方法をとってから、発芽率がすごく良くなった。この小さな芽が丈夫に育つようにと二人の古志原通いが続いた。朝夕の冷え込みが厳しくなり、古志原の山は紅葉した。霜降りに備えて急いで囲いを作った。やがて雪が降り続く日が来るだろうから庇《ひさし》も付け加えた。

師走に胚っても好天気が続き、どうにか穏やかな年の瀬になりそうだと話していた途端、木枯らしが一晩中、雨戸や裏の戸を叩き続けた。早くも冬の到来を告げていた。

――古志原の雪囲いは大丈夫かな？

茂蔵とおさきの思うことは同じだった。

古志原街道を進むうち、倒れた柵や雪囲いがちらほらと散見し不安をかきたてた。苗床の雪囲いは、幸いにも一部を除いて、しっかりと立っていた。すぐ補修にかかり、終えると家路を急いだ。宍道湖の方角から雪雲が押し寄せて、水分を含んだだべさ（ぼたん雪）が降り出した。古志原を抜けて、津田村にさしかかると、降雪の勢いは増し、前方は白い霞がかかった状態になった。

「茂蔵さん急に年をとったね、髪が真白だべ」と、おさきが笑った。

——えらい愉しそうだな。やはりおさきは雪国育ちだけん、雪が好きなんだわ。

「おさきの笠も真っ白だぞ。日光を立った時を思い出したぞ。今頃所野村の家も畑も雪で埋まってるだろうな」と、茂蔵がはずむように喋った。「そらそうだんべや」と明るい返事がかえってくると思いきや、おさきの表情は見る見るゆがみ涙が滴り落ちた。

——大変なことを言ってしまったがな。日光の雪景色が懐かしいなんて。おさきにとってはそんな単純なことではなかったのだ。どげして慰めていいやら、かける言葉が浮ばない。

茂蔵も瞼《まぶた》が熱くなった。おさきに両手を伸ばすと、一瞬驚いたけれど素直に躰を寄せて、しゃくり上げた。降りかかる雪が二人を包み、周りの雪景色にすっかり埋没してしまった。物音も聞えず寒さも感じなかった。

どのくらい佇んでいたのだろう。その時茂蔵にある記憶が甦った。日光で村の有力者の息子と揉め事を起し、追放されそうになって悩んだ。それを救ってくれたのは、猿田彦命とおさきだったと思う。

——今度は儂が救わないけん。猿田彦命の神像を謹んで刻んでみよう。おさきもきっと懐かしいはずだけん。そして祀れば、将来子供が生れてその結果おさきと両親が江戸で再会できるかも知れん。猿田彦命は千里飛翔すると言われているから。

おさきは家では、何事もなかったように振舞った。それが茂蔵には一層不憫でたまらない。年が明けたら、彫物師に当ってみようと思った。心当たりが一人ある。それは海乗寺界隈の建具屋の主人だ。茂蔵は道場からの帰りに、何度も立ち止って見学した。主人は一瞬手を止めて茂蔵を見て、なんだこの男かとにやりと笑い、また彫り続けていた。

年が変り文化三年（一八〇六）になった。古志原のお種人参の苗は、無事に年を越し、春の訪れを待って少しずつ葉をひろげた。この状況に茂蔵は自信が持てたので、松江近郊の大百姓に、百姓畑を作るよう勧めて回った。

桜が咲き始めた頃、茂蔵とおさきは、古志原の畑で、若々しい苗をよく耕した畑に植えた。これは極く一部で、残りの苗は新しい百姓畑のための予備として、勧誘した百姓からの申込みを待った。すると津田、意東、乃木、川津などの近郊から見学に来た。茂蔵が注意しなければならない三つの例として、忌地（連作は不可）、牛糞は駄目、湿気は禁物など詳しく説明したり、四、五年先でないと収穫できない事を正直に言うと、見学に来た百姓は二の足を踏んでしまった。すると、おさきが助け舟を出して言った。

「おらの実家は日光のお種人参百姓家だけど、毎年こみっちら収穫してるよ」

それを聞くと、非常に関心を持って、話に乗ってきた。そしてやってみるかとなるのだった。それから次第に百姓畑が誕生するようになった。

ある日茂蔵は米子町の建具屋を訪ねた。すると藤兵衛という主人は茂蔵の顔を憶えていたので、話ははやく、彫り物をしたいから、是非教えて欲しいと頼むと、呆れ返ってしまった。

「何年修行したら一人前になれるか考えたことがあーますかね？　お前さんが何ぼ天才でも一年や二年はかかあますけんね。教えてすぐできるもんじゃあーません」

「これには訳があってな、信仰しちょー神様をどげな苦労や困難があっても早急に彫りあげないけんがだ。だけん無理は言わん、暇を見て指導してごさっしゃい、この通りだ」と、茂蔵は両手をついて頭を下げて頼んだ。

「困ったお侍さんだのう。どげな事情か判らんけど、簡単にはいかんけんね彫り物は」藤兵衛は苦り切った顔で言った。しばらく何か考えてる様だった。

「ちょんぼし待ってごしない」と言い残して藤兵衛は奥へ引っ込んでしまった。

茂蔵は彫りかけの藤兵衛の作品をみながらやはり儂には無理かもしれんなと、弱気になった。しばらくして、藤兵衛が笑顔で現れた。

「これで好きな様に彫ってみさっしゃい。話はそれからにしましょう」と、一本の鑿《のみ》と杉の素材を渡してくれた。藤兵衛の笑顔には、本気かどうか試してやるぞ、と書いてある気がした。茂蔵は、丁重に礼を言って、それを受けとった。

——よしッ、藤兵衛さんに軽蔑されんやにがんばらにゃいけん。と、内心覚悟を決めた。問題は作業できる場所だ。狭い我家が恨めしかった。おさきの実家の広い納屋を思い出すと尚更だった。欲は言わん、畳二枚ほどの雨露をしのげる処があればなあと悩んだ。

この時、藩から報奨金六貫文が下付されることになった。お種人参の功労金だ。

「これを遣わしてもらおう。それしか方法がないけん」と、内心思った。

角材や板などを買い、家の外壁を利用して連日大工仕事が始まった。何事が起きるのかと母とおさきが見に来ては、いろいろ訊ねた。

「そのうち判るけんね」と、童心に帰ったような嬉々とした茂蔵の仕事振りから、心配するような大事は起きないだろうと、二人は見守ることにした。

文化三年（一八〇六）、藩主松平治郷《はるさと》が隠退した。そして息子の斎恒《なりつね》が八代目藩主になった。松江城と江戸赤坂の屋敷で、新領主誕生のお祝いの行事が数日に亘り行われた。かつて治郷は弱冠十七歳で藩主となった。当時藩の財政は破綻寸前で、窮地に立っていた。奇しくも今藩の執政を担当している恒重の父である朝日丹波郷保を起用して荒療治を行ってきた。それから絶え間ない改革を継続して三十九年が過ぎた。財政は著しく改善され、破産寸前と噂された松江藩は、今では全国でも指折りの富裕な藩になった。

治郷は隠退後、剃髪し不昧《ふまい》と号した。そして赤坂の屋敷から品川の大崎下屋敷に移り、趣味の茶道三昧の暮しを始めた。これまでの我慢を強いられた生活への反動なのか、茶道具類の購入に千五百両も使ったと言われている。昔家老郷保が藩の命運を分ける交渉のため、大坂へ向う費用を捻出するため花器を売ったことがあったが、まさに隔世の感がある。

品川大崎下屋敷は、約二万二千坪の敷地だった。茶室が十一、四阿屋が四つ、手入れの行き届いた庭園には、見事な庭石と樹木が配置されていた。小高い築地に立つと、富士山や秩父連山まで遠望できた。

松江藩が幕府からお種人参の苗と種子をもらってから今年（文化三年）まで四十六年が経過した。全国で始まった栽培も殆どの藩で廃止となり、本家日光を除けば、今や会津藩と松江藩だけになってしまった。

松江藩のお種人参にやっと光明が見えてきた。

百姓畑が津田、意東、乃木、川津に続いて忌部、大庭、来待《きまち》までひろがってきた。そのため茂蔵とおさきは種子と苗床の確保に、奔走することになった。

六月に入り、畑で働く小者を次々と採用し、紅く熟して自然に落ちた種子の採集に追われた。活動範囲がひろがるにつれて、人材と資金が当然不足する。木苗方役所は、茂蔵の要望に答えることができないので、家からの持ち出しや、昔からの知りあいの好意にすがったけれど限界があった。茂蔵は金策に頭を痛め、神様の彫刻どころではなくなってしまった。

## 十八

困った時の相談する先は、いつもの通り岡本瑞庵だ。瑞庵の診察が終るのを待って、悩みを聞いてもらった。

「そげかや、木苗方も頼りにならんのう。これはご家老の力で、役所を変えてもらわんことには、どげしょうもない。それを待っちょーと日が暮れーけんな。儂が昵懇《じっこん》にしちょー滝川新屋の滝川伝右衛門殿に頼んでみらかな」

「あの末次本町の滝川新屋ですかね?」

「うん、本家は藩切っての札座だ。滝川新屋は薬から化粧品染料まで手広く商売しちょってだけん、きっとお種人参には関心があるはずだぞ。あちらは名うての商売人だけん、お種人参がいい商売になるかどうかは、すぐ判断されるだろう。だけん決まるのは早いぞ」

岡本瑞庵は昔から滝川新屋の事はよく知っていた。

「こげな逸話があーけん教えちゃる」と、滝川伝右衛門の過去を語りはじめた。

「松江大橋を架け替える時のことだ。川底が軟弱で難工事になっての、人柱が立った程だ。工事の連中も藩外から集められたけんね。滝川新屋に泊った大工は美濃の国から来たげな。その大工が美濃には優れたハゼロウの技術があると喋ったのを聞きのがさずに、うまい具合に導入して、藩に売り込んで大儲けされたげな」

松江藩の事業の中で、ハゼロウはすごく順調だ。飯石郡久保田村に、生ロウ方役所がある。

滝川伝右衛門は瑞庵の相談にすぐ乗ってきた。強味は行動力で、番頭の喜左衛門とすぐに古志原の手作り畑を実地調査することになった。日々の商売が忙しく在郷の村へ行くことは滅多にない。従って長い田舎道を歩くのは大変苦労した。

瑞庵の話では、茂蔵という男は若いけど、お種人参に関しては、松江藩で彼の右に出る者はいないと言う。滝川伝右衛門は藩の行っている事業に関しては殆ど熟知してると言っても過言ではない。当然お種人参が長い年月をかけても成果が上がらない事を不思議に思ってきた。お種人参は貴重品だから若し瑞庵が言うことが正しければ、勧められるまでもない。他人よりひと足先に資金を出してもいいと腹を決めていた。瑞庵がとにかく褒めていた茂蔵夫婦に会うのが愉しみだった。

番頭の喜左衛門は、妻と娘から茂蔵の噂を聞いていた。瑞庵の弟子で親切な男だと言う。

――うちの女どもはえらい褒めちょったけど、女ごは優しい若者に甘いけんな。瑞庵先生の弟子だったげなが、そげな男に畑仕事などこなせるだらか？　番頭の喜左衛門は茂蔵を青白い顔色をした優男じゃないかと想像していた。

二人が古志原へ辿り着くと、広い畑で五、六人がかたまって作業をしていた。

「私らは滝川新屋の者ですが、小山茂蔵さんはお居でますかいね？」と、番頭の喜左衛門が両手を口に添えて呼びかけた。「はあいー」と答えて茂蔵が飛び出し、その後をおさきが追った。初対面だけれど、双方とも岡本瑞庵から聞いて事情を知っているから、話は早かった。滝川伝右衛門はかなり年配で、長い道程《みちのり》に疲れた様子だった。でもお種人参の話になると厳しい表情で鋭い質問をあびせてきた。

「お種人参の栽培には、ずっと関心があーました。失礼ながら難儀されてますな。岡本瑞庵先生は見通しがついたけん資金が要ると言わっしゃるだども、本当の事を説明してごしならんかね」

「今まではほんに難儀しましたけんね。失敗の連続で親父は苦しんでましたけん、最後はお種人参と心中したやなもんです。儂はその恨みを晴らしたいと思った時もあった程です。散々な目にあってたのに、なして次はうまくいくかねと思われたでしょうね」

「何十年かかっても失敗続きだった物がなして急に変ったのか不思議だけんね」

「儂の嫁は日光から来ちょーます。実家は村一番のお種人参作りの百姓家で、そのやり方で作ったのがこの古志原の畑ですけんね。これからじっくりと見てごさっしゃい。立派に育っちょーますよ」

論より証拠と、茂蔵とおさきは滝川新屋の二人を、畑の隅ずみまで案内して回った。

畑は年度毎に区画され、表示板が立っていた。雑草もきれいに除かれていた。見学が済むと、滝川伝右衛門は満足したらしく、茂蔵とおさきを励ましてくれた。

「これからも夫婦で力を合わせてがんばってごしないよ。資金は心配ないけんね。それにしても、嫁ごさんは遠国日光からよう来なったね、ほんに福娘さんだのう。ところで商品になるのはいつ頃かね？」

「商品になるのは四、五年物ですけんね。それを考えると、来年、再来年からはかなり期待できそうです。」

「それは愉しみだがね。滝川新屋としても、お手伝いできると考えちょーとこです。先ずは瑞庵先生にご報告しますけん、がんばってごしない」と、滝川伝右衛門は力強く言い切った。

二人が去るのを待って、小者達がすぐ寄ってきて、話の内容を知りたがった。変に隠す必要はないけど、何ひとつ約束された事もないので、あの旦那達は城下の大店から来られて畑を見学された。百姓衆以外の人からも関心を持ってもらえたので嬉しいと説明した。内心期待するものはある。しかし銭金の事は、滝川新屋と藩との交渉次第で、茂蔵にとっては、雲の上のようなもの、これまで通り地道に努力するしかない。

現実に、藩と滝川新屋との契約が成立して、滝川新屋から資金が導入されたのは、五年後のことだった。各地に出来た百姓畑から、栽培に関する問い合せが次々と来て、茂蔵ひとりでは対応し切れなくなった。大原郡仁和寺村の木村太郎左衛門が熱心に取り組んでいたので、お種人参係添えに任命された。彼が大原郡を担当してくれたので、茂蔵に少しゆとりができた。

久し振りに、裏の作業小屋に入った。

荒削りで放ったらかしにした神像を見つめていると、団番の裏庭に祀られてた猿田彦命の姿が浮かんできた。

――いつになったら表に出してくれるのだッ、お前はやる気があるのかッ。

猿田彦命から威喝されたようで、冷や汗をかいてしまった。

仕事にかまけて怠慢に過してしまったと反省した。その日から毎晩鑿を握り、真剣に神像を刻みはじめた。すると少しずつ鑿の要領がつかめてきた。頭部や胸は自分でもうまくできたなと思った。難しいのは、カッと開いた眼と長い鼻でこの点こそ猿田彦命の特徴だ。困り果てて、試作品を持って建具屋の藤兵衛に教えを請うことにした。

茂蔵が訪れると、「なんと久し振りだがね。かいしき（ちっとも）顔を見せならんだけん、もう止めなったと思っちょーましたが」

「止められんけん苦労しちょーわね。でも彫り物はほんに難しいのう。何ぞいい方法を教えてごしない」

「どれどれ見せてごすだわ」

藤兵衛が試作品をじっくりと観察した。

「お侍さん誰かにてごしてもらいなった？」

「いんやそげな者が居りゃ苦労せんわね」

「ふーん、お侍さんこの調子なら物になりそうだがね。眼は玄人でも難しいけんね。よしッ、次作は真剣勝負の積りでやってみさっしゃい」

藤兵衛は桧の柾目を用意してくれた。

「お侍さんには憑《つ》きもんがあるやな気がするな。ひょっとして猿田彦命かな？　おぞい（怖い）ことだがね」

藤兵衛に言われてみると、そんな気がした。試作品と桧素材を大切に抱きかかえて店から出た。藤兵衛は暗に彫刻の技術を認めてくれた。そして猿田彦命か何かが自分に憑いているような事を言っていた。考えてみると、趣味や遊び心で刻んでる訳じゃない。いつも日光で祀られていた猿田彦命を念じて刻んできたのだ。自分に憑依して力を貸して下さっているなら、願ってもないこと、藤兵衛が次回もおぜーと言ってくれるような神像を完成させたいものだと心に誓った。

その日から毎晩作業小屋に明かりがともった。心配した母とおさきが忍び足で近づき、隙間から覗くと、茂蔵が淡い行燈の光の下で、覗かれてるのにも気付かず彫り続けていた。とても遊び半分でやってるとは思えなかった。二人は静かに小屋から離れた。

家に戻ると母が顔をしかめて言った。

「何考えちょーかね。毎日畑仕事が忙しいのに、毎晩遅くまでわけのわからん彫り物に精出して病気にでもなったら困るけんね」

「そーだね、でもかあさん茂蔵さんはきっとだいじ（大丈夫）だよ。何だかわがんねけど、きっといい物をこしやって（作って）くれるよ」

「あの子はきこな（頑固）けんね、何だい言うてくれんだけん心配せんなんわね」

あきのが危惧しても、おさきには薄々彫り物の正体が判りかけたので、がんばって欲しいなと思っていた。

茂蔵が毎晩のように作業小屋に入り浸りびたってからひと月が過ぎた。おさきは、そんな暮しに馴れてしまった。ある晩夜半に目覚めると、隣りの布団はもぬけの殻だった。こんなことは一度もなかったので、義母を気づかい忍び足で作業小屋へ向った。小屋から明かりが漏れていた。

「茂蔵さん、どうしたんだべ？」

「おう、おさきか、やっと猿田彦命の神像ができたけんな、入って見てごせ」と、茂蔵が弾むような声で言った。

なるほど、予想した通りの猿田彦命だ。とても素人が彫ったとは思えない仕上がりだった。

「まっさが猿田彦命を彫刻するなんて……たいしたもんじゃないの、びっくりだね」

「儂も無理だなって思っていたけん不思議だね。神棚にお祀りしてからお種人参の成功と、そのうち江戸で団番さんとおくらさんに会えるようにお願いせないけん」

「おっとーとの約束を覚えてたの？　茂蔵さんすげーわ」

「おさきもうひとつ仕事が残ってるぞ」

「えッ、何だべ？」

「会えるのは子供をなし（産む）てからでねえの？　ほんじゃここで始めっけ」

茂蔵は下野訛でおさきをからかった。

「もういやだァ、ごじやっぺ（でたらめ）こくでねえ」と、おさきは叩きかかり茂蔵の懐へ倒れ込んできた。狭い小屋で睦みあい熱い時が流れた。時折木枯らしが戸を揺さぶり、二人の声を消した。

花仙山から移植した人参を掘り起こして堀川へ運び、きれいに洗った。それから台所のかまどに大鍋をかけて湯を沸かし、洗った人参を茹でた。次に乾燥さすのだけれど、日光の福田家に有ったような乾燥室など望めない。考えた末、猿田彦命を謹刻した小屋を利用するしかない。縄を張りめぐらし、茹でた人参を一本一本縄に吊り下げた。小さな火鉢に炭火を入れ、昼夜休みなく乾燥の具合と火の用心を心掛けた。

設備が無いのを努力で補い、ついに日光産と同等の商品を作ることができた。一本ずつ形を整えて和紙で包装した。僅かな数量ではあったが、小山家の三人にとって、感慨無量な出来事だった。仏壇で亡父に報告すると共に、岡本瑞庵に届けた。瑞庵は感涙にむせび「ようやった、ようやった」と叫び続けていたが、はっと気付いて「ご家老に報告せにゃいけん」と、駆け出して行った。

# 十九

文化五年（一八〇八）。

茂蔵の作ったお種人参商品化成功は、藩にとって久々の朗報だった。藩は茂蔵の功績をたたえ、銀五十匁を賜った。執政の中で、お種人参に深いかかわりを持ち支えてくれた朝日丹波恒重も「これで父（朝日丹波郷保）に報告できる」と、瑞庵にしみじみ呟いたそうだ。

商品は僅かだったから、瞬時に売れてしまった。これに刺激を受けて、お手作り畑と百姓畑が急速に新設され、松江近郊からその外へ外へと、南の大東、加茂、三沢方面や、西は出雲平野を中心に荒木、塩谷、大津など広い範囲に渡っていった。

各地に人参係添えの役人が配置された。茂蔵はそれぞれの役人を監督し指揮することになり、いちいち大百姓まで世話する手間が省けるようになった。

秋が深まる頃、おさきは男の子を産んだ。茂蔵はその子に日光に因んで、光蔵と名付けた。光蔵が二歳になる頃から、日光の福田団番から度々便りが届いた。

「光蔵はでかくなったべな。おらに似てめんごい子だべ。早ぐしねえと、おらの寿命が尽きちまうぞ。そんたごとになったら、こでらんねー（たまらん）いつも同じ事ばっかりゆってるなんて思ってたらだめだんびや」と、団番の便りはこんな調子だった。

藩は製造設備を、木苗方役所の内に新設した。お蔭で茂蔵は年々商品を増産することができた。資金で協力してくれた滝川新屋の滝川伝右衛門に、藩内の専売権が与えられて、末次本町に人参座ができた。ここを通して在郷の下請人参座へお種人参の流通が始まった。藩外の販売は、大坂蔵屋敷から大坂商人に委託することになった。選ばれたのは、唐物方荷請業を経営する傍ら、唐薬問屋年行司代を勤めている日野屋小兵衛だった。

大坂蔵屋敷ではお種人参は初めての商品だから、責任者を呼んで日野屋小兵衛と顔継ぎさせたいと考えた。適任者と言えば茂蔵しかないから茂蔵が大坂へ行くことになった。

折しも団番から例の如く便りが来た。真っ先に読んだおさきが読み終るや、驚きの声をあげた。

「あれまあ、おとーとおっかが伊勢参りすっと。それから大坂へ足伸ばすってゆってるよ。ぼっとそっと（ひょっとしたら）茂蔵さん会えるでねえの？」

「大坂へ来なーかや、えらいことだのう」と言いつつ茂蔵は妙案がひらめいた。

――親子三人で大坂へ出張したら、江戸まで行かなくても団番さんの願いが適うぞ。

翌日、木苗方の上司に相談すると、「そげかね、何よりのいい機会でねえか、是非三人で行かっしゃい、但し手当ては一人分だけんね」と、ありがたい許可が下りた。

おさきは大喜びで、早速実家へ手紙を書いた。親子三人の道中は、愉快で心弾む毎日だった。ひと足先に大坂入りしている団番とおくらが、どんな顔で待っているのかなと、話は尽きなかった。

蔵屋敷に到着し挨拶を済ませると、辻駕籠を拾い、南の長町へと急いだ。三歳になった光蔵は疲れた様子もなく駕籠にゆられてはしゃぎ通しだった。やがて駕籠は堺筋を下って長町の旅籠分銅屋に着いた。分銅屋はこの界隈で一、二を競う老舗、さすが団番さんだなと茂蔵は思った。女中の案内で部屋に向った。女中が声をかけて襖をあけたとたん、大騒ぎが始まった。

「この子が光蔵か、さあこっちさ来い。おめーの爺つぁんだぞ」

「めんごい子だなあ、私がばっぱ（ばあさん）だよ」

団番とおくらが目尻を下げて、光蔵を奪い合った。驚いたことに、人見知りする光蔵がにこにこしてるから二人の喜びは倍増した。女中が茶菓を運んできてから、やっと興奮がおさまり、大人同士の話が始まる始末で、主役は光蔵になってしまった。この宿で過ごす数日は、血の繋がった四人きりにしてやろうと茂蔵は思った。

蔵屋敷に出仕すると、御用係の森脇儀助が待っていた。早速二人で挨拶回りを始めた。土佐堀川沿いは、全国各藩の蔵屋敷が蝟集し、船着場で荷揚げされた荷が蔵へ運ばれて行く。こんな光景が毎日繰り返されると言う。茂蔵は大坂の底知れぬ実力を感じ取った。北浜通りの南は今橋通りだ。ここは全国一の両替商の街で、金蔵が百以上あるそうだ。

昔、松江藩が多額の借金をした天王寺屋と吉文字屋もこの街で商売を続けている。藩は実直に返済を続けてきたから、残金は僅かになっていた。更に下って道修町に入ると、風が薬の匂いを運んで来た。どの店も軒先から裏路地まで筵《むしろ》をひろげ薬草を乾燥させていた。伏見町は唐物問屋が集まっていた。日野屋小兵衛店は、淡路町一丁目にある老舗だった。淡路町には、いろいろな種類の薬の原料を扱う店が多く、そのための和漢薬種改所が設けられていた。

日野屋小兵衛店を訪れると、店先は荷物の搬入と荷解きや検品で、てんてこ舞だった。

森脇儀助が、店の手代に来意を告げると、彼はすぐ手を止めて、愛想よく店内へ案内した。店頭も来客で混み合っていた。廊下は驚くほど長く奥行きの長い造りだった。通された客間には、表の喧騒が全く聞えてこなかった。茶菓の接待を受けていると、主人の小兵衛が現れた。小兵衛は大店の主人らしく貫録を備えた中年の男だった。

「生憎立て込んでたさかい失礼いたしました。森脇さまにはご尽力いただき心強く思ってます。今日は松江からお種人参専門の方がお越しやと聞いて愉しみにしてました」と、慇懃な態度で、しかし立て板に水の喋りようだった。大坂商人はこんな風でないと商売できないのだと、茂蔵は感心した。森脇儀助が、その噂の本人を連れてきたのだと茂蔵を紹介すると、「もう何十年も栽培してはると聞いていたからもっと年配の方やと思ってましたがな」

小兵衛は驚いた表情をした。

「いやたいしたもんやお若いのに……朝鮮人参は輸入品でしたさかい値がはります。国内ではやっと日光でお種人参として商品化されたものの大坂へは回ってけえしません。何せ量が少ないですよって。先日森脇さまから松江藩でも出来たんやと見本を見せてもらいました。何と輸入品に較べて遜色おまへんやないか、これはいけると思い手前で扱わせていただくことに決めました。小山様どないです、製品はいつ頃軌道に乗りますやろか？」

「褒めてもらい自信にな－ました。来年から少しずつ増えると考えてますけん、よろしくお願いします」

「それは愉しみでんな。売れ筋は良い品柄と数量が欠かせまへんよって、きばって沢山作ってもらえると助かります」

「日野屋さんその時はしっかり売ってもらわんと困るぞ。決して損にはならん商売だからな」と、森脇儀助が恩着せがましく言った。

「判ってますがな。森脇さまのおかげで扱うことになりました。ありがたいことです」

茂蔵との顔合わせが終り、小兵衛は一席設けると誘ってくれた。茂蔵は遠国から来ている団番夫婦との約束があるからと辞退した。小兵衛は残念がったけど、森脇儀助とは前から約束していたようで、用意してあった駕籠で出かけて行った。

福田団番とおくらが日光へ帰る日が来た。分銅屋でとる最後の朝食でも、二人は光蔵につき切りだった。団番は光蔵に自分の箸でいちいち食べさせた。

「おどこっこ（男の子）を甘やかしたら、後でおらたちがかだまっちゃ（困る）でねえの」

おさきが笑いながら文句をつけた。

「そんだこと言わねーでけれ。もうお別れだずや」

団番が悲しい声で言ったから、一同はしんみりとしてしまった。

「さきなっからじゃーぼ（葬式）みたいでねーの……別れに涙はだめだんびや」

おくらが何とか座を盛り上げようとした。

茂蔵は心の底から悲しくなり、懺悔の気持ちでいっぱいになり、言葉になってあふれた。

「団番さん、おくらさん、どうか儂をゆるしてごしない。こげな辛い目をさせてからに……」

涙を流し頭を下げた。

「馬鹿こくでねーぞ。こーだに（こんなに）愉しかったことはそうあるもんでねえ。楽しかった思い出をこみっちり持って帰るべ。ぼっとすっと（ひょっとすると）いっかい（大きな）喜びと悲しみは、同じでねえかな」と、団番は喋りながら鼻を啜った。

女中がお膳を片付けにきたので、あわてて旅立つ準備をした。

分銅屋を出ると、道を東と西に分れ分れに進まねばならない。皆、止まっていた涙が再びあふれてきた。おさきの背中で、気配を感じた光蔵が泣きだした。慌てた団番が大きな声で言った。

「おさきッ、早く行ってくれっけ……たっぷりしてる（ゆっくり）と、日が暮れちまうぞー」

「おっとーもおっかーも元気でねー」

「おめーたちもなー」

茂蔵とおさきは、手を振り続けたが、団番だけは一度も振り向かずに姿を消した。

茂蔵は気をとり直すと馬喰町で軽馬を雇い、親子三人で松江へ旅立った。

大坂の滞在は僅か数日だったけど、大きな力を得た。先ずおさきのやみがたき望郷の念が消えてしまった。これまで茂蔵はおさきの悲しみに気付き、何とかしなければと必死に考えてきた。図らずも大坂で親子水入らずで過ごせたことで、すべてが良い方向に向いはじめた。茂蔵はずっと団番夫妻に負い目を感じていたが、今ゆるしてもらえて、心の重い澱が消えてしまった。

日野屋小兵衛が品質に関しては、太鼓判を押してくれたことは大きな自信となった。

文化十年（一八一三）。

藩はお種人参が事業として一人前になったと判断し、人参方役所の新設を決定した。用地は城南の寺町が選ばれた。向いは天満宮、北隣りは誓願寺、南は天神川が流れている。広い敷地を高い土堀で囲み、正面の正門は鉄鋲を打ち込んだいかにも重厚な門扉がとり付けられた。

敷地に役所、製造所、倉庫、作業場の建物が建設された。後に収益が出たら金蔵の建設が予定された。天神川に面して舟着場が設けられ荷揚舟が発着できるようになった。

人参方役所の目玉は製造所だ。これまで専用の設備がなかったから大変苦労した。茂蔵が設備にとり入れたのは、日光の福田団番家の様式だった。これから年々増産される量に十分対応できる能力をそなえていた。茂蔵が感激したのは、人参方役所の幸神社の祭神として自分が謹刻した猿田彦命の像が祀られることに決ったことだった。人参方役所の護り神になったのだ。

建設の忙しさにうっかり気付かなかったが、じりじり照り返した陽はいつしか姿を消し、天神川を渡って吹く風は冷え冷えと変った。舟便や荷車で各地から収穫されたお種人参が運ばれてきた。そして、ついに製造所が稼働する日がきた。

幸神社で祈る茂蔵は微動だにしなかった。

藩は製造の機密保持のため、厳しい規約を作り、茂蔵に守るよう命令した。この事は、松江藩がいかにこの事業を重視しているかを示すものだ。ここで働く作業員の選別が行われ、採用されると、就業誓約書に署名と血判を求められた。

お種人参誓約書

一、製造所で修得した知識を決して他へ漏らすべからず。妻子と言えども例外にあらず。

一、一旦製造に従事すれば、昼夜兼行で行う。よって外出することあたわず。

一、製品及び備品等一切持出を禁ず。

実際に製造が始まると、製造所の出入口は、施錠された。従って食事、排便、入浴、就寝などすべて製造所内で済ます設備になっていた。若し緊急の呼び出しの必要が生じた時は、正門から拍子木を打って知らせる事になっていた。

初冬、淡い陽射しが幸神社を包む早朝、緊張した顔で茂蔵は持参した徳利から盃に酒を注ぎ神前に供えた。二礼二拍手更に一礼して、製造の安全と成功を祈念した。心の安らぎを得た後製造所へ入った。しばらく経つと高い煙突から黒煙がもくもくと昇り、低い煙突から湯気が流れた。藩あげて期待するお種人参の製造が始まった。外からは中の様子が全く判らないけれど、活気のある掛声が聞えてきた。

作業は交替で休息をとる事になっていたけれど、茂蔵は働き詰めで気の休まる時はなかった。何日が過ぎただろう。開かずの扉がついに開く日が来た。茂蔵が先頭に立ち続々と作業員が現れた。どの顔も髭面に満ちたりた笑いを浮かべていた。

明けて文化十一年（一八一四）。

茂蔵はお種人参の商品化に成功した。その功績が認められ、御譜代組に昇格した。

それは足軽身分だけれど、士格と同じ待遇をうけた。

文化十一、十二、十三年と人参方役所は、安定した品質と数量を兼ねそなえた商品を作り出した。かつて大坂で会った日野屋小兵衛が「大坂で成功するには毎年商人が安心して扱えるだけの品柄と数量がないとあきまへん」と言ったことを思い出した。ようやくその水準に達したなと茂蔵は嬉しかった。

この年つまり文化十三年（一八一六）松江藩に幕府から、お種人参の藩外への販売権を与えられた。

翌文化十四年（一八一七）。

茂蔵は人参畑添元締めになった。添とは副を意味する。元締めは士格以上の身分でなければならないから添が付いたが実質的には支配人だ。

人参畑は五百を超えた。資金不足が常に起きたが、滝川新屋を頼れない事情が起きてしまった。藩は売上増加のため、人参座を次々と新設し、滝川新屋の専売権をなし崩しにした。当然滝川新屋は抗議し、融資を止めた。藩は窮余の一策で人参方を、木苗方から常平方へ移した。常平方は常備米の備蓄と金に困った藩士への融資を業務とする部門で資金が余っていた。人参方役所の弱点がやっと解消し、京、大坂、江戸、更には長崎へ打って出る力が付いた。

## 二十

文政元年（一八一八）。

不昧公が逝去した。彼は七代目藩主の時、成果の上がらないお種人参を我慢強く見守り続けてくれた。そして長年に亘り困難な財政改革を軌道に乗せてから隠退していた。茂蔵にとって最も痛手だったのは藩医岡本瑞庵が亡くなったことだ。彼には親子二代に亘り世話になった。困った時の神頼みでなく瑞庵頼りでここまで来たのだ。茂蔵は一時放心状態になり、急に萎れてしまった。

——もう何もする気にならんがな。畑も製造所もできたけん後は誰なとやるだろう。この状態を見かねておさきが厳しく諫めた。

「茂蔵さんッ、じゃーぼ（葬式）が済んで何日目だ？　いつまでも泣いてたらみっともねーべ。あんたの大事な畑が腐っちまうよッ」

「ええッ、畑が腐る？」

——おさきの言う通りだけんな。少しでも気がゆるんだらお種人参績腐れして、とんでもないことになーけんな。

おさきに頬を一発がーんと張られたなと思った。

文政五年（一八二二）。

日々の努力を認められ、茂蔵は万役人《よろずやくにん》に昇進した。士格となり、広い屋敷を拝領し、待遇も良くなった。足軽の下位から始まり異例の昇進だった。

各藩がお種人参から撤退する中、松江藩は躍進を続け、販売も藩外が急増し藩内を抜き去った。日野屋小兵衛をはじめ大坂商人の手で長崎へ出荷されると、品質を高く評価された。この年不昧公の後継者八代目藩主斉恒《なりつね》が早世し、斉貴《なりたけ》が九代目藩主となった。今では藩の財政は著しく好転しており、若い藩主が就任しても、その歩みは止まらず着々と前進する体制が出来上がっていた。

文政十一年（一八二八）になると、松江から離れた石見地方の三瓶山麓にまで百姓畑が出来た。今では藩内には人参畑が八千畑も生れ、製造所から年二万斤もの商品が作られ、売上高は数万両に達していた。

天保元年（一八三〇）。

売上高と収益が急増した結果、人参方は常平方からの借入金を一括返済した。

茂蔵とおさきが、日光から戻って丁度二十六年目のことだった。この年、人参方役所の金蔵一棟が新築された。

量産されると、これまで大坂商人を経由して長崎に販売されていたものを藩は直販に切り替えた。長崎から清国への輸出は、これまで日光のお種人参と会津藩の会津人参に限られていた。そこへ松江藩の雲州人参が割り込んで行った。その結果長崎商人と唐人双方から好評を博し輸出品として認められることになった。

雲州人参の長崎行きは藩にとって特別な行事になった。雲州人参と銘打った木箱に五十斤の商品が詰められ、その箱を四つ一頭の馬に積んだ。その馬四頭で一隊に編成し、警護の藩士も隊を編成して随行した。人参方役所の正門から続々と出発する時には、天満宮から白潟本町まで大勢の見物人の長蛇の列ができた。

最盛期には、百八十八頭が三十八隊に編成されて長崎へ出発したと言われている。勿論人参方の役人も出張した。この長崎出張を人参方では「一と所務」と称した。

長崎では長崎会所で検品が行われると検品を経て蔵へ運び込まれて、正金で代金が支払われた。それを持ち帰り金蔵に納め、諸経費は藩札で支払われる。随分旨みのある取引きで、一と所務毎に二万両余り収益が出たと言う。人参方の役人なら誰もが一と所務に参加したいと希望した。製造所の作業より華やかで出張手当もつくし、何より長崎の異国情緒を愉しみたいと思ったからだ。

一と所務を終て帰国した者が、唐人屋敷やオランダ商館の出島の話をした。こんな土産話は好奇心をくすぐり、想像力をかきたてた。人から人へ伝わる時には尾鰭《おひれ》が付いて誇張され、次の長崎出張を待ち望む者が続出した。

「なして元締めさんは行きならんですかね」と周りの者が茂蔵に訊いた。

「儂はどうしても行かないけん時が来れば行く。そげな時はないかも知れんがのう」

茂蔵は笑って答えた。

天保二年（一八三一）。

幕府は突然長崎行きのお種人参を会津人参一万斤だけに限定し、その他は全て禁止した。

松江藩にとっては深刻な事態になった。何が原因か判らないから手の打ちようもなく、執政をあずかる上層部は、連日協議を重ねたが対策が見つからない。幕府に問い合わせる一方、現地の実情を探るため、長崎へ調査隊を送ることにした。

隊長には、家老職に次ぐ中老の藤野孫七郎が決まった。その補佐役に勘定方の山本善七、そして実務に精通している小山茂蔵を加え従者を合せ十名が出張することになった。

茂蔵はこんな事態など思いもしなかったから、軽口をたたいたりもした。幸運を把んだかに見えた雲州人参に、こんな落とし穴があるなんて誰も予想だにしなかった。

——禁止令が続けば、苦労して築き上げた人参畑は立ち腐れになってしまうぞ。えらいことになったのー。

茂蔵の思いは悪い方にばかり広がり居ても立っても居られず、長崎に行けば何かできるのではないかと祈るばかりだった。出発の日に幸神社の猿田彦命に、必死の思いを伝え祈った。調査隊はお互い顔合せする時間すらない慌しい出発だった。松江を離れてから判った事は、意外にも藤野孫七郎と山本善七両者とも長い道中を一度も経験してない事だった。道中は何が起るか予測がつかない。

——こげな俄仕立てで遠い長崎まで行けるだらかな？

茂蔵の不安はすぐ的中してしまった。宍道湖を後にして、日本海の海岸沿いの街道を進んでいる時異変が起きた。先頭を歩いていた藤野孫七郎が転倒して捻挫したのだ。最後尾を歩いていた茂蔵が駆け寄ると、孫七郎は苦痛で顔をゆがめていた。真っ青な顔色は苦痛ばかりでなく隊長の責任が果たせなかったらどうしようという恐怖を物語っていた。

「この先長いのにどうしょう。拙者は例え死んでも引き返せぬ。難儀なことになってしまったな」

孫七郎は情無い心情を洩らした。孫七郎は肥満でそのため足に負担がかかったのだ。孫七郎を選んだ方に責任があるなと、茂蔵は同情した。どうにかして旅を続けさせたいと必死で考えた。

「僭越かと存じますが、儂は年を食っちょる分何度も道中しちょーます。だけん道中のあいだ儂に先導役をやらせてつかあーさい」

茂蔵が腰を低くして申し出た。孫七郎は今や答えるのも難儀らしく、無言で頷いた。

「だんだん、だんだん」

茂蔵は礼を言うと、港町目指して走りだした。四半刻後（三十分）茂蔵は馬を曳いて戻ってきた。借り賃をはずみ仁摩までの約束で借りることができた。茂蔵は岡本瑞庵から習った応急処置をすると、孫七郎を乗馬させて手綱を曳き出発した。何としても孫七郎に長崎まで行ってもらわなくては……と必死だった。孫七郎は出発後とは打って変り、馬上から親しく話しかけてきた。

仁摩で宿をとり、翌朝、山陰道の坂道を益田、津和野と通過し、長門峡で一泊して、山陽道の小郡へ辿り着いた。曇りがちだった山陰道とは一転して晴れ渡り、瀬戸の海に小島と小舟が点々と浮ぶ景色に心が和んだ。調査隊全員の気持ちも泊りを重ねる毎にひとつになってきた。

本州の端、赤間関で宿をとった。

翌朝、夙《つと》に目覚めて宿を出ると、海峡をはさみ、その向うに緑濃き山並が見えた。九州は指呼の間になってきた。宿代を精算し渡し舟に乗った。大勢の合客はお国言葉で喋っている。やっと旅に馴れてきた孫七郎と善七も、それに負けずに喋ったり笑ったりするのを見ると、茂蔵はひと安心した。渡し舟を下りたら九州だ。

孫七郎の足が恢復《かいふく》したので、雇馬の必要はなくなった。

小倉に入り、ここから先はずっと長崎街道だ。飯塚まで歩いて一泊した。

翌日の行程には街道一の難所冷水峠がひかえていた。先頭に立つ茂蔵は、ゆっくりと時間をかけて登った。峠からは肥前国から肥後国まで遠望がひらけていた。今晩は鳥栖泊りを決めて坂道を下っていった。

次の日は楽々と佐賀まで進むことができた。佐賀から長崎までは、陸路と船便のどちらかを選択できた。孫七郎が陸路を選んだので街道を歩き続け、大村藩の彼杵で宿をとった。

翌朝からは波の穏やかな大村湾を眺めながら諫早まで歩き、明るいうちに宿に入った。

道中の最後の夜になった。明日は目的地長崎に入る予定だ。

「ようここまで来れたな。これも皆のお陰だけんな、だんだん、だんだん。特に茂蔵さんには世話になったね。お陰で役目が果たせそうだけん感謝しちょうぞ」中老の藤野孫七郎が殊勝にも礼を言った。

翌朝、早立ちをして、日見峠を越え長崎の細長い坂の街へ入ることができた。

## 二十一

松江藩の定宿は、沢田屋という老舗で麹町にあった。宿の近くを流れる中島川の大井手橋を渡って山手へ進むと長崎奉行所と長崎会所がある。

長崎は幕府の直轄地、江戸から来た奉行とその家臣が統治する建前だ。しかし長崎はオランダと清国との貿易で栄える特別な町だから彼等では円滑な運営は無理だった。そのため約二千人の地下役人が実務を行ってきた。

長崎奉行は山手にある立山役所（現在桜町小学校）と、海岸の西山役所の二つがあった。

地下役人の筆頭は町年寄で、代々長崎の有力な商人がなってきた。その下で働くのが乙名、組頭、日行使と呼ばれる役人で、仕事の内容別に、番方、町方、唐人方、蘭方と区分けされていた。

一方の長崎会所は、貿易実務一切を引き受けていた。オランダ商船と唐人船が運んできた積荷の価値を定めることや、密貿易と違法な物資の取締りを行っていた。このため多種多様な商品の知識が要求され、目利《めきき》役と呼ばれる役人がいた。例えば書物目利、薬種目利、唐物目利、変った例では鮫目利という役もあった。これらの役人なくしては、貿易が成立しない程の重要な役割をこなしていた。

茂蔵は薬種目利の中で、特に人参にくわしい人に会う目的で長崎会所を訪ねた。玄関先で誰何されることもなく自由に入れた。奥まで見通せる大広間があった。そこで幾つかの集団ができていた。その集団には唐人の姿もあり、異国の言葉が飛び交っていた。異様な談合に茂蔵は興味津々になった。

この商談会は直組と呼ばれていた。仕組は唐船の積荷と日本の輸出品双方の値付けをあらかじめ目利がする。それを請払役と吟味役がチェックしてから帳簿を作る。これが直入帳という。

茂蔵が目にしているのは、直入帳を叩き台に商人が交渉している場面だった。合意できると、向うの机へ行き、待機している筆者（書記）に契約書を作成してもらい、双方が署名捺印すると一件落着となる。

この商談の積み重ねが長崎貿易だ。その利益から地下役人の給金、諸経費と地下分配金と呼ばれる長崎の各町内会への助成金を合わせて約七万両を支払った残り五万両が幕府に上納されていた。

「もしもし、あーたはどちらから来なさったとね。だっと（誰）と約束なさっとですか？」

若い役人が、見蕩れていた茂蔵に声をかけた。

「あッ、ぼーっとしちょーました。私は松江藩士小山茂蔵と申す者です。あまり珍らしいけんつい見蕩れちょーましたが……」

「それはよかたい。ゆっらーと（ゆっくり）なさいませ」と言ってから、向うの机へ手を振って合図を送った。すると向う側の筆者が手招きをした。

「あーたを呼んどなるけん一緒に行きまっせ」と誘ってくれた。

呼んだのは直入帳を管理している筆者だった。茂蔵は改めて自己紹介をし、無断で上がりこんでいた非礼をわびた。

「そがんこつでしたか。松江藩の交渉は難儀じゃばってん、困ったことがあれば言うて欲しか」

「だんだん、だんだん。早速厚かましいだども人参目利してる方を紹介してくださいませ」

「そん人やったら薬種園係ばしとんなるけん、今頃は御薬園ですばい」

「それは何処にあーますかね？」

「これから行きなっと？　じゃあ、地図ば書きまっしょ」

筆者だけあって、地図をすらすらと書いて渡してくれた。

長崎会所に付属する御薬園の歴史は、キリスト教伝来までさかのぼる。十善村のキリスト教教会の薬草園がその始まりだった。キリスト教禁止令がでると、教会の建物や付属病院は壊されて薬草園だけが残った。これを町年寄が守り続けてきた。その後長崎奉行の管理下に置かれ、海外渡来の植物が植えられて、最盛期には八千坪を超える植物園になった。

元禄元年（一六八八）、長崎の町に散り散りに住む唐人が次々と問題を起こしたので、一か所にまとめるため唐人屋敷を作ることになり、その用地に御薬園が転用された。それから御薬園は、立山役所の空地に移り、更に小島郷に変るなど二転三転して西山郷に落ち着いた。

茂蔵は地図を頼りに探し回り、やっと御薬園に辿り着いた。正門の傍らに小さな建物があった。内部を覗いていると、背後から声を掛けられた。手拭いを姉さまかぶりにした上品な婦人が風呂敷包みをさげて立っていた。

「薬屋亀之丞さんをたずねて来た者ですが」と、茂蔵が挨拶をした。

「亀之丞はわたくしよ（私の主人）ばい」と、婦人が笑顔で答えた。

「そげですか、長崎会所で紹介された松江藩の小山茂蔵と申します。ぜひお話を聞きたくて来ました」

「そいじゃ、いっしょに畑へ行きまっしょ」

婦人はさっさと歩き出した。薬屋亀之丞は畑仕事をしているらしい。小道の両側にきれいに整備された畑に草や木が名札が付けられて育っていた。初めて見る植物ばかりで、さすが長崎の薬草園だなと感心しきりだった。遠くから人声が聞えてきた。近づくと三人が作業をしていた。

「おとーさん、お客さんたい」と婦人が言った。

「誰かね？」と振り向いたのが薬屋亀之丞と判った。目利と聞いていたから、日焼けした髭面が意外に思えた。茂蔵は筆者がくれた地図を渡して自己紹介をした。

「おーちは雲州人参の交渉ば、やっとらすとかね？」

「それは上司の仕事ですけんね。儂は親子二代続けてお種人参作りをやっちょーます。今回禁止されたけん、何ぞ品柄に落度があったかなと、心配しちょーます」

「そいで長崎へ来なさっとね。でも品柄は何も問題なか。禁止令はなんしげ（何故）松江藩ばーりか、よーう判らんばってんあーたの人参はぎっは（立派）なもんばい」

「そげですか。安心しました。だんだん、だんだん」

横で心配そうにしていた奥さんが言った。

「あーた方お話が大事じゃろばってん、お茶をおあーがませんか？」

「茂蔵さん話ばそいとして、餅ばたべまっしょ。もうこんな時刻じゃ、腹んすいたばずたい」

人夫たちは餅をうまそうに食べていた。一緒に餅をほうばり、お茶を飲んでいると、急速に、亀之丞夫妻と気持ちが通じあう気がした。

松江藩で親子二代人参作りで苦労した話をする気になって、やっと軌道に乗った矢先、禁止になるとこれからどうやって畑を維持したらいいのか悩んでると打ち明けた。

「そいじゃ困るな薬草も同じたい。人間の勝手で何回も引越しばやったけんね。じゃあ作ってくれと言われてもまひようしに合わんたい。全面禁止はまちごーとらすな」

「話は変るけど、なして目利の奥さんが働いちょってだかね？」

「ほかの目利は百姓仕事は嫌いたい。人が足りんとね。ばってんおいがそびき（引っ張り）出したとよ。茂蔵さんが行ってしもうたら、文句言いなっとじゃろ、はっはっは」

奥さんが亀之丞をにらんでいた。

「あのー、亀之丞さん明日から儂を働かしてごしない。百姓仕事は馴れちょーますけん」

「えッ、松江藩のお侍にそげん事ばきのどっかけんね」

「刀をはずしたら百姓やけんね。是非やらいてごしない。薬草も覚えたいしね」

「ありがとう。そいじゃ、ちっと手伝ってくれまっせ」

亀之丞夫妻はとても喜んでくれた。

沢田屋へ戻り、藤野孫七郎に長崎会所の薬種目利と御薬園で共同作業をしてもいいかと訊くと、あっさりと許してくれた。

「長崎会所の役人と仲良くやってくれ。拙者は奉行所の役人さんのご機嫌取りでうんざりしちょーところだけんな」

「お互い難儀なことですけど、我慢のしどころですけんがんばりましょう」

茂蔵が孫七郎をなぐさめた。

御薬園で働き始めると、茂蔵は明るくなった。やはり畑仕事が性に合うのだろう。そんな働き振りを亀之丞は気に入った。御薬園は安心して委せられると考え、長崎会所へ専念するようになった。

御薬園は植物の宝庫だった。薬草の種類も甘草、びんろうず、大黄、山帰来など貴重なものが沢山あった。山帰来は瘡毒に効くと瑞庵が話していた。時折亀之丞が顔を見せて、励ましたり、薬草の目利きを伝授してくれた。とにかく御薬園通いが楽しくなってしまった。そんな茂蔵を見て、孫七郎が冷やかした。

「御薬園にはいい女ごでも居るのじゃろう。茂蔵の奴毎日いそいそと通いはじめたぞ。拙者は苦虫をかんだ役人が相手だぞ。できれば替って欲しいな」

孫七郎の苦悩は深まるばかりだった。限界に達した時、突然奉行所から呼び出しがあり、参上すると、雲州人参の売上高の三割五分を長崎会所へ納めるという条件付きで、三千斤に限って解禁するという。早飛脚で松江へ訓令を求め、了解の返信を受けて帰国が決まった。厳しい条件だけれど呑まざるを得なかった。

# 二十二

茂蔵は長崎会所の薬屋亀之丞に会い、別れの挨拶をした。すでに亀之丞は交渉が妥結した事を知っていた。

「ほんなごて淋しくなるばい。こんまか家じゃばってん、ちいっと寄っていかんね?」

「お世話になった上申し訳あーません」

「遠慮することあなか。連れて帰らんば、かかにおこられるけん」

「じゃあ、奥さんにも挨拶せんといけんがですし、寄せてもらいます」

二人は連れだって長崎の街を歩いた。

「うちからちびっとのぼると、丸山と寄合たい。どちらも長崎一のみじよか(可愛い)妓がそろってるばい。今日はうちにも負けん女ごが待ちよるけんね。ちいと年ばとっちょるけんど、あッ、その女ごたい、はっはっは」

玄関先で、亀之丞が妻を指差して笑った。

「なんばぞーたんば(冗談)言うてかね。茂蔵さんッ、あただに(にわかに)帰りなるとか、ほんなこてじゆっなかばい(悲しい)」

奥さんは涙ぐんでしまった。

「そがことはいいから早よ酒ば出さんね」

「はいはいすぐしまっしょ」

客間に通されると、酒宴の準備ができていた。亀之丞の音頭で乾杯が終ると、大皿の料理が次々と運ばれてきた。どれも茂蔵がこれまで味わったことのない料理だった。

「茂蔵さん味はどうね？　おったち（私達）はじげもん（長崎育ち）たい。あやさん（唐人）の料理はすいとーばってん、あーたはどげんね？」

「こげな美味しいもんは食べたことがないですが。奥さんが作られたかね？」

「ほんなごて？　口にあったとね。どうぞあらけておせつけまっせ（全部食べてね）」

奥さんはとても喜んで食事と酒をさかんにすすめてくれた。亀之丞も奥さんもいける口で、茂蔵に酒を注ぐとすぐ返盃を求めた。茂蔵は酒と料理にすっかり陶然となってしまった。長崎でこんな愉快なもてなしを受けるとは予想だにしなかった。食卓に並んでる大皿も空っぽになってしまった。

「こげな楽しい食事をごちそうになーまして、感謝の気持ちでいっぱいです。だんだん、だんだん」

「礼を言うのはおったちばい。御薬園でほんなこてよう働いてもろうたばい。雲州人参はよかゆーうてきばったばってん三千斤どまりじやった。おったちの力がなかとよ」

——そげだったのか。亀之丞さんが長崎会所で掩護してくれなったのか。

「何とお礼を言ったらいいかわかーません。だんだん、だんだん」

茂蔵は居住いを正して深々と頭を下げた。

「茂蔵さん、未だ会津人参の一万斤にはおよばんぞ。礼ゆーてる段じゃなかろう。もう一度長崎へ帰ってこんね」

「それはほんなこてよかですばい」

茂蔵が覚えたての長崎弁をつかったら、大笑いになった。そして笑いが悲しみに変り涙があふれてしまった。

藤野孫七郎以下十名が長崎出張から、無事帰国した。当然とは言え、よく頑張ったなと歓迎されることはなかった。結果が全てだとは言え、苦労した孫七郎は不満だった。孫七郎には悪いけど、茂蔵にとって長崎はいい思い出ばかりだった。

茂蔵は、三千斤の商品を長崎へ送り出した。それから藩と茂蔵は、約七千斤の減収をどう解決すればいいか頭を悩ますことになった。

藩の対策は二つだ。ひとつは長崎以外に販路を拡大すること、もうひとつは畑の減反で、それも百姓畑の減反を優先させた。当然茂蔵が担当することになった。

「難儀な仕事だのう。これまで拝みたおして作ってもらった畑ばかりだ。藩の都合で休耕してごしないでは筋が通らんけんな」

愚痴をこぼす相手はおさきしかいなかった。

「お手作り畑から始めたらよかろうに……」

おさきが真っ当な意見を言った。

「その通りだが……でも藩は自分の有利なことしか考えんけん、困ったことになった」

茂蔵は仕事が辛いと思ったことは一度もなかった。朝から晩まで畑仕事をする習慣は馴れている。だから百姓の気持ちがよく判る。やっとお種人参が育ってきた畑を放棄して、草が生い茂るままにするなんて耐えられない。藩の命令だぞと高圧的に処理する気にはどうしてもならなかった。さりとて他の方法がある訳じゃない。茂蔵の悩みは、日を追って深くなった。それでも役目だから、各地の大百姓を説得するため巡回した。

根本的な解決は、やはり長崎しかない。藩は幕府に対して嘆願を続けた。この業務を藩は「本方」と名付けて重視した。すぐに一万斤は無理で、五、六千斤を当面の目標として活動を継続した。長崎へ派遣される人を見ると、茂蔵は薬屋亀之丞をむしょうに懐かしく思った。できればもう一度訪れて、協力を頼みたい、畑の減反交渉より、そっちの方は本当の解決策なのにという想いが強かった。でも与えられた仕事は減反交渉だから、松江近郊から大原郡、飯石郡、簸川郡、仁多郡と順次巡回を続けた。かつては同じ巡回でも、百姓畑の新設という明るい前向きの説得行脚だった。今はそれを否定する役で、嫌味や愚痴を行く先々で聞いていると、苦痛が胸に澱となって溜まってしまった。

天保四年（一八三三）。

春先、稲作の準備を始める頃から雨が少なく、期待した梅雨も空梅雨で終った。稲の育ちが悪く大百姓はいらいらしていた。天保大凶作の始まりだ。

茂蔵は簸川郡の直江村を訪れると、案の定苦情が出た。鬱々と気分はすぐれず、予定を変えて帰途についた。じりじり油照りする日に、街道を歩くのは相当堪えた。自分は日光、江戸、大坂、長崎と長い旅を重ねてきたんだ。それに較べれば巡回は藩内じゃないかと自分を納得させたけど、段々と年を重ねてきたのも知らず過信していた。宍道から来待を過ぎ、玉湯川を渡る時、上流の玉造温泉を横目で見たら、不吉な予感がした。父新蔵の凍死が甦ったのだ。強い陽射しを受け、犬のように舌を出し、足取りは重く、今にも四つん這いになりそうだ。辛い交渉続きで気持ちの余裕がなくなってしまっていた。どこか民家でひと息入れたら、もう立ち上れなくなるのではと恐怖心が先立った。布志名の峠をやっと越え、乃木浜から袖師が浦まで辿り着いた。もうひと息だなと気がゆるみ、木陰に佇み湖面を見た。

嫁ヶ島の島影が映るはずなのに、一面がもうろうと霞がかかり暗い灰色の光景がゆらゆらと動きはじめた。やがて全てが視野から消えてしまった。茂蔵はその場に崩れるように倒れてしまった。

寺町の人参方役所の正門の影が、細長く製造所へ延びる頃、茂蔵の妻おさきと息子の光蔵が荒い息づかいで駈け込んできた。

「茂蔵の家の者ですが、何処にいます？」と、おさきが番士に訊ねた。

番士が製造所を指差すと、おさきは裾を乱しながら走り出し、若い光蔵が後を追った。

製造所の宿直室に茂蔵が横たわっていた。町医者が深刻な表情で脈をとり、数人がそれをのぞきこんでいた。おさきは部屋に入るや医者を押しのける勢いで、茂蔵の躰にしがみついた。まるで茂蔵は自分ひとりのものだと主張しているようだった。死相の浮ぶ顔を見るなり叫んだ。

「私より先にいったらだめだんびやッ、早く目さあけてけれッ」

茂蔵がかすかに瞼を開き微笑んだ。

――やっぱりなァ、かあさんの訛り言葉が通じたみたいだと、光蔵はとっさに感じた。

おさきは茂蔵をいとおしみ、優しくさすってると、茂蔵の唇がかすかに動いた。

「えッ、何かね？　とうさんはっきり言って、なが……さきなのけえ？」

おさきの問いかけに、のどくびが動いたけれど、再び動くことはなかった。

「とうさんの馬鹿ッ、仕事に命とられてどうすんだー」

おさきの悲痛な叫びは、涙声に変ってしまい、周りの人はもらい泣きした。

光蔵も声をあげて泣いた。しばらく経つと家で帰りを待っている祖母のあきのに、どう納得させたらいいのか頭を悩ますことになった。

小山茂蔵を喪《うしな》って松江藩の人参方事業は、急速に集団で推進することに変った。

茂蔵が畑の維持のため、長崎貿易に期待した熱い思いは、数年を経てかなうことになる。それを年と共に追ってみた。

天保七年（一八三六）。

松江藩で「本方」と呼ぶ長崎への雲州人参の出荷が六千斤まで認められた。

茂蔵と縁のあった大坂の日野屋小兵衛が天保の大凶作の影響で行き詰り、松江藩に救済を求めてきた。藩はそれに応じた。

天保十一年（一八四〇）。

松江藩は大坂商人天王寺屋利兵衛と吉文字屋庄助からの借金を完済した。

長崎会所から、雲州人参の出荷要請が来るなど、情勢が一変した。これは全国的に生産高が減少し、清国への輸出に支障をきたすことになったためだった。当然価格は高騰した。

天保一二年（一八四一）。

人参方役所の幸神社が大きく建立されると、日野屋小兵衛が茂蔵を偲び鳥居を寄進した。

長崎会所から藩に対し、もっと雲州人参を出荷するよう要請がきた。藩は幕府と交渉し上納金を減額してもらい、出荷量を増やした。

天保十四年（一八四三）。

人参方役所の利益は、銀一万二千貫に達した。

天保四年から天保十二年までの合計

長崎会所への出荷高　四万四千斤

代銀　三千貫（銀）

上納金　七百拾四貫

松江藩の収益　二千二百貫

天保十四年から嘉永五年までの合計

長崎会所への出荷高　八万九千斤

代銀　七千九百貫（銀）

上納金　一千二百貫

振り返ると、小山新蔵が江戸藩邸で栽培を始めてから、実に九十二年、小山茂蔵が日光から帰国して、栽培を再開してから四十八年が経過していた。

嘉永五年（一八五二）。

人参方役所の鎮守幸神社の改築が行われたが、碑銘板に、御用人大塚九太夫、奉行勝田為三他に加えて小山光蔵の名前も刻まれていた。

嘉永、安政年間の十一年間、雲州人参は毎年豊作続きだった。価格も上昇し、雲州人参は生産力が高かったから、長崎貿易の需要に応えて大量に清国へ輸出され、高く評価された。

松江藩に雲州人参がもたらした莫大な収益が、嘉永六年（一八五三）の黒船騒動によって意外な遣われ方をした。同年アメリカ海軍提督ペリー艦隊の江戸湾侵入と、嘉永七年ロシア海軍提督プチャーチン艦隊の大坂来航は日本中に衝撃を与え、海防の意識を高めた。

松江藩も例外ではなく、海防に努力することになり、イギリスから鉄製軍艦ゲゼール号を十万ドルで購入した。更にアメリカから木製軍艦タウタイ号を七万ドルで購入すると、それぞれ第一八雲丸、第二八雲丸と改名し、幕府の海防政策の一翼をになった。購入資金は人参方の金蔵から出た。

同じく嘉永六年、幕府は江戸湾の海防のため、品川沖に台場を建設して砲台を設けた。

この建設の指揮をとったのが、勘定吟味役に登用された伊豆・韮山代官の江川太郎左衛門こと英龍だった。彼は有能な役人で、急造するために松江藩品川大崎下屋敷の庭石を容赦なく没収し、台場の基礎工事で海中に投下したと言われている。

# あとがき

「松江藩のお種人参から雲州人参へ」という作品は、松江藩主の玉造温泉御茶屋から始まる。そこで使い走りの小僧だった小山新蔵の姿が昭和二十一年（一九四六）頃の私の姿に重なって、感情が移入してしまった。当時私は御茶屋跡の周辺で動き回っていたからだ。吹雪の中、大八車を押したり、湯屋に入ったり、神社にお詣りもした。少し詳しく述べると、終戦の翌年、昭和二十一年の春、中国天津から両親、妹と引揚げ玉造温泉に落ち着くことになるのだが、乞食に近い恰好で松江駅に辿り着いたから、家を建てるのは容易なことではなかった。

戦時中、玉造温泉の旅館と別荘が売りに出ていると知り、母が父を帰国させた。父は山が大好きな母方の祖父と物件に当たるうち、気が変わって玉造温泉の田畑と隣の忌部町の山林を二ヶ所買った。やがて終戦で引き揚げて玉造温泉に家を建てるため、忌部町の山から木を伐採して大八車で松江市乃白の製材所で製材し、それを玉造温泉に運んでから空車を曳きながら居候していた忌部町の祖父の家に帰る、こんな作業を冬に続けた。現金が無いから大八車で運ばねばならない。買う予定だった裏辻の別荘を見る度に母は愚痴をこぼした。その別荘は生垣をめぐらして、美しい庭に平屋建で温泉が引かれていた。降りしきる雪の中、凍えながらの作業は辛かった。春、待望の家が建ち、荒壁が乾かぬのに引越した。両親は百姓を始めたけれど失敗、温泉街で魚屋を始めた。その店から歩いて数分の場所に御茶屋の跡があった。

松江藩の松平七代目藩主治郷は、この御茶屋が気に入り、隠居して不昧と号してからも度々泊った。通算十一回利用した。宿泊日数は十日から二十日、随行した家臣は百人、多い時は二百人に達した。御茶屋は殿様専用だから、家来は旅籠と民家へ分宿することになる。

魚屋を始めると、旅館の得意先もできた。団体客が入ると、旅館の厨房では手が足りず下請の注文が入った。私はその品を届けるため走り回った。御茶屋跡の周りをぐるぐると。御茶屋は、きっと裏辻の別荘に似ていたに違いないと今でも根拠もなく想像している。

この作品の出版に際し長年助言と指導をいただいた元「関西文学」編集長で「文藝かうべ」世話人の菊池崇憲氏、恩師で終始論評をいただいた元松江北高校長の故兼折博氏、出版を企画して下さった山陰中央新報社の須田泰弘氏、加地操氏に心から感謝申し上げます。

この作品のリニューアル出版につき、株式会社二十二世紀アートの海野有見氏と編集部の方々からご協力をいただきました。ありがとうございました。

令和二年（二〇二〇）六月

板垣　衛武

## 【主要参考資料】

### ■「松江藩のお種人参から雲州人参へ」関係

『わが町の歴史松江』内藤正中著　文一総合出版
『松江藩』石井悠著　現代書館
『松江藩誕生物語』山陰中央新報社編
『松江藩の時代　上下』乾隆明編著　山陰中央新報社
『シリーズ藩物語』石井悠著　現代書館
『しながわの大名屋敷』品川区立品川歴史館編
『出雲の国朝鮮人参史の研究』小村弌著　八坂書房
『日光市史』日光市史編纂委員会編
『栃木県史』田代善吉著　臨川書店
『日光街道繁昌記』木間清利著　埼玉新聞社
『近世長崎貿易史の研究』中村質著　吉川弘文館

【主要参考資料】

『長崎貿易』太田勝也著　同成社
『長崎地役人総覧』籏先好紀著　長崎文献社

## 【初出一覧】

「松江藩のお種人参から雲州人参へ」『文藝かうべ』第六号（二〇一四年五月発行）～第九号（二〇一五年十一月発行）

# 松江藩のお種人参から雲州人参へ
## 島根の歴史小説

2023年2月17日発行

著　者　板垣衛武
発行者　向田翔一

発行所　株式会社 22 世紀アート
〒103-0007
東京都中央区日本橋浜町 3-23-1-5F
電話　03-5941-9774
Email: info@22art.net　ホームページ：www.22art.net

発売元　株式会社日興企画
〒104-0032
東京都中央区八丁堀 4-11-10 第 2SS ビル 6F
電話　03-6262-8127
Email: support@nikko-kikaku.com
ホームページ：https://nikko-kikaku.com/

印刷
製本　株式会社 PUBFUN

ISBN：978-4-88877-151-1